永遠についての証明

岩井圭也

角川文庫
22998

目次

1　コラッツ予想

　熊沢勇一《くまざわゆういち》は話をどう切り出すべきか迷っていた。にわかには信じられない話だ。妄想と一蹴《いっしゅう》されてもおかしくない。説得するには、心情に訴えかけるしかなかった。

すぐには信じてもらえないだろうが、しかたない。

　中庭に面した壁は一面ガラス張りで、赤く咲き乱れるツツジが見えた。残りの三方は純白の壁に囲まれている。無菌室。そんな言葉が似合う部屋だった。

「国数研《こくすうけん》はきれいでうらやましいですよ」

　熊沢がつぶやくと、テーブルをはさんで向かいに座る小沼《こぬま》は穏やかな表情で前髪をかき上げた。いつもの癖だ。

　小沼とは昨年の年会で会って以来だ。この数年で白髪の割合が急に増し、頬の肉もこけ落ちた。五十代もなかばに差しかかり、老いの輪郭がはっきりと見えている。それでも貧相にならず、むしろ品性を備えているように見えるのが、熊沢にはずるく思えた。

「最近、改築したからね。前はびっくりするほど古い建屋だったけど。ここ何年か行ってないけど、理学部棟は今でもあのまま？」

「壁なんかもう、元が何色だったのかわからなくなってます」

「私立大学であそこまで建物が古いのもめずらしいよねぇ」

穏やかな顔つきとは裏腹に、瞳《ひとみ》に宿った切迫感は隠しきれない。明らかに小沼は焦《じ》れていた。

「クマと会うのも久しぶりだから色々話したいけど、こっちもそんなに時間はない。まさか准教授の就任挨拶《あいさつ》のためだけに来たわけじゃないんだろう？」

小沼は数学の才能だけでなく、人間を見抜く目にも長《た》けていた。研究者として優秀なだけでは国数研のフェローは務まらない。それでなくとも熊沢は小沼の教え子だ。考えていることなど、おおかた見破られている。熊沢は腹を決めた。

「先日、部屋を整理していたら変わったものが出てきまして」

「埋蔵金でも出てきたかな」

ある意味では埋蔵金に違いない。もしくはガラクタかもしれないが。

「瞭司《りょうじ》の……三ツ矢《みつや》瞭司の研究ノートです」

　小沼はわずかに顔をしかめた。六年も前に亡くなった教え子の名だ。不審に思うのは当然だろう。しかし、すぐに平静に戻って話をうながした。

「研究室に置いていったのか」

「いいえ。個人的に家族から譲り受けたものです。帰国やら移動やらでバタバタしていて、目を通せなかったんですが」

　それにしても六年は長すぎる。熊沢は自分の言い訳に恥じ入った。

「それで？」

「そのノートがこれです」

　熊沢は紙袋から分厚い大学ノートを取り出した。三百ページ以上に及ぶ冊子は、ちょっとした辞典ほどの重量がある。無地の表紙には茶色い染みや折れ曲がった跡があり、長年使われていたことがうかがえる。熊沢が表紙を開くと、記号と英単語でびっしりと埋めつくされたページが現れた。癖のある右上がりの字体。余白にまでメモや走り書きがあふれ、手垢《あか》やインクでところどころ汚れている。

　小沼は手渡されたノートを幾度かめくっただけで閉じてしまった。急速に興味を失ったらしい。悲しげに首を振る。

「申し訳ないが、私には意味がわからない。彼の晩年については、熊沢君もよく知ってるだろう」

瞭司の晩年。熊沢にとっては思い出すのもつらい。変わり果てた彼の姿が痛ましいからというより、自分の言動を後悔するからだ。しかしこのノートを見つけたことで、当時の記憶は嫌でもよみがえる。

「元はといえば私が推薦したせいだからね。悪いことをしたと思っている」

「そんなことを話したいんじゃありません。ここを見てください」

熊沢はあらかじめ付箋《ふせん》を貼っておいたページを広げ、文頭を指さした。

〈以下にコラッツ予想の肯定的証明を示す〉

小沼は身を乗り出し、食い入るようにノートを見つめた。そこに記述された記号は、ほとんどが現代数学に存在しないものだった。未知の言語で記されたノートをたっぷりと凝視し、やがて小沼は顔を上げた。

「本当か」落ち着きを失った小沼は泡を食って詰め寄った。今度は熊沢が首を振る。

「残念ですが、私にもここに書いてある証明の意味は理解できません」

熊沢はこの一文を最初に読んだ瞬間を、鮮明に記憶している。部屋の整理中に発見したノートを開くと、最初に飛びこんできたのがその一文だった。証明の意味がわからないにもかかわらず、それが誤りではないと直感した。

瞭司にコラッツ予想の証明をみせられるのは二度目だった。あの薄暗いマンガ喫茶で手渡された証明とはまったく違う。今度こそ成功したのだ。十七年の時を隔てて。

　コラッツ予想は名高い未解決問題のひとつである。一九三〇年代にドイツの数学者コラッツが提示した問題で、数学を研究したことのある者なら誰もが耳にしたことがある難問。問題そのものは子供でも理解できるほど平易だが、いまだ証明の手がかりすら見いだされていない。

　——数学はまだこの種の問題に対する準備ができていない。

　そう言ったのは二〇世紀の伝説的数学者、ポール・エルデシュだった。破格の数学者にそう思わせるほど、この問いの壁は高い。

　小沼は躊躇《ちゅうちょ》しつつ、勢いを失った声でつぶやいた。

「瞭司を疑うわけじゃないが、その証明は……その、正しいんだろうか」

　熊沢はそれには答えず、ふたたびノートを開いた。

「コラッツ予想の証明にたどり着く前に、二百ページ以上も使って理論が構築されています。証明を理解するには、先に理論そのものを理解しなければなりません」

「つまり、理論が妄想なら、証明も妄想だということか」

　小沼は眉《まゆ》をひそめた。落胆の色が濃い。

「たしかに、彼は長いこと新しい理論に取り組んでいるようだった。たしか……」

「プルビス理論。そう呼んでいたようです」

　口にするだけで胸が苦しくなる。

紙上に残された瞭司の筆跡を見ると、若かった日の記憶が生々しくフラッシュバックする。学生時代に住んでいたアパート。ままならない難問を相手に格闘した日々。恋人との甘く苦い記憶。それらが塊となって正面から襲いかかってくる。

瞭司を殺したのは俺だ。熊沢は奥歯を強く嚙《か》んだ。

「小沼先生」熊沢の声に、小沼の視線が引きつけられる。

「本当に、この証明が妄想だと思いますか。瞭司が死ぬ直前まで研究していた理論が妄想だと、本気で思っているんですか」

小沼は答えを選んでいた。腕を組み、中庭を見やる。

「検討してみないことには何も言えないよ。クマはどう思う」

「証明に間違いはないと思います」

「根拠は?」

数学的な裏付けなどない。根拠と呼べるものはひとつだけだ。

「これを書いたのが、三ツ矢瞭司だからです」

小沼はこめかみの辺りを搔《か》き、ふたたび窓の外に視線を逃がした。

この反応は予期していたが、実際に目の当たりにすると少なからずショックではあった。赤の他人ならいざ知らず、瞭司の恩師までもがこんな反応をすることが。

気まずさをとりなすように、小沼は一転して明るい口調で尋ねた。

「それで、これからどうするんだ」

「解読して論文にします」

「この分厚いノートをすべて？」

「数百ページならどうにかなります」

　不安はあるが、熊沢は本気だった。それが瞭司に対する責任であり、せめてもの償いだと確信していた。

「気持ちはわかる。本当にコラッツ予想の証明に成功しているなら、とてつもないビッグニュースだ。世界中がひっくり返る。だが、そんなことが本当に……」

「先生もご存じでしょう。瞭司は並の数学者じゃありません。証明は正しいはずです」

　これまでに、熊沢はおびただしい数の天才たちと会ってきた。アメリカ時代には目がくらむような才能たちと交流し、帰国してからも日本が誇る頭脳と呼ばれる人々と出会った。それでも、瞭司以上に〈数覚〉に恵まれ、明確に数の世界を見ることができた人間はいない。いつかマスメディアが名付けた〈二十一世紀のガロア〉というレッテルは、決して過剰な誉め言葉ではなかった。

　瞭司は普通の天才とは違う。数理の子とでも呼ぶべき存在だった。

　熊沢にも、一流の数学者だという自負はあった。恩師のおかげとはいえ、三十代なかばという早さで准教授に就任し、数論幾何の分野では若手の筆頭格と称されている。

それでも、不世出の天才が作り上げた理論にたったひとりで挑むのは怖かった。

「小沼先生にも協力していただきたいんです。私ひとりでは太刀打ちできないかもしれない。先生の力を貸してください」

小沼の視線は室内をさまよっている。演技ではなく、本当に迷っているようだった。熊沢はひたすら返答を待った。小沼は戸惑いを隠さなかった。

「これが現役最後の仕事になるかもしれないと思うと、さすがに躊躇するな」

熊沢が出会った時には若き教授だった小沼も、すでに還暦が見えている。この年齢で論文を量産する鉄人ですら、老化には抗《あらが》えない。それは数学者にとって永遠に克服することのできない敵だった。

愛着のあるテーマを脇に置いて、得体の知れない新理論を研究しろと迫るのは、熊沢にとっても心苦しいことだった。小沼の岩澤《いわさわ》理論への思い入れを知っているだけに、なおのことつらかった。

しかし頼れるのは小沼しかいない。家族にも同僚にも学生にも相談できず、この数週間、孤独に思い悩んでいたのだ。普段は思わないが、この時ばかりは妻が数学者だったらと思わずにいられなかった。

「この歳になって先生に甘えるのは申し訳ないと思っています。でも、学生や他の数学者ではきっと手に負えません。瞭司と正面から向き合いたいんです。部分的にでもいい。それだけの価値があるんです」

熊沢は椅子を引いて立ち上がった。直角に腰を折り、深々と頭を下げる。「お願いします」

その頭に小沼の声が降る。

「価値があるというのは、数学界にとって？　それとも、熊沢勇一個人にとって？」

わがままに付き合わされるのはごめんだということか。耳が痛い質問だった。

「両方です」

偽りではない。プルビス理論によってコラッツ予想を証明できれば、数学の風景は一変するはずだ。もっとも、本当に理論として成立していればの話だが。小沼はまだためらっているのか、返事をしない。

「先生。本当に瞭司の死に責任を感じているのなら、協力してください」

このひと言が切り札になった。小沼は長いため息を吐いてノートの表紙を見下ろした。

「わかる箇所から読み解いていくしかないな」

「協力していただけるんですか」

「趣味として。こんな意味不明の研究じゃ、予算申請もできないし。それよりクマはどうするつもりだ。数論幾何の範疇《はんちゅう》に入るのか、このテーマが」

「解決の目処《めど》が立ち次第、大学に相談してみます。世紀の未解決問題の証明と言えば、予算も融通してくれるかも」

妙な沈黙が流れた。その解決の目処はいつ立つのか。小沼から、そう言われているような気がした。

お互い、次の予定が近づいている。ろくに世間話もできないまま、熊沢はノートのコピーを送る約束をして部屋を去ろうとした。ガラス窓を背にした小沼が、ふと思い出したように言った。

「そういえば、斎藤《さいとう》さんには声をかけたのか」

熊沢は動揺が表に出ないよう、慎重に答えた。

「彼女はもう数学を離れて長いですから」

触れられたくないという熊沢の気配を察したのか、小沼はもう詮索《せんさく》しなかった。

斎藤佐那《さな》と最後に会ったのは六年前。瞭司が亡くなった直後だった。友人の死に打ちひしがれる彼女の横顔を、不謹慎ながら、熊沢は美しいと思った。

中庭のツツジが風にそよいでいた。色濃い花が密集して咲いている光景は、目の裏に焼きつくような鮮やかさだった。

春はまだはじまったばかりだ。

2　特別推薦生

四月の陽を浴びながら、三ツ矢瞭司は協和《きょうわ》大学の正門をくぐった。茶色がかった頭髪が陽光にきらめいている。

バックパックを背負ってあたりを落ち着きなく見渡す姿は、中学生にしか見えない。童顔はコンプレックスだったが、叔母《おば》さんからは「二十年後には親に感謝するよ」と言われていた。

門を抜けてすぐの場所に、キャンパスの案内図が掲げられていた。協和大学は理系の名門として知られるだけあって、理系学部が充実している。キャンパスには医学部、薬学部、工学部、農学部の各棟が建ち並び、中央には学内でのヒエラルキーを体現するかのように、理学部棟が傲然《ごうぜん》とそびえている。

瞭司は案内図で立ち止まり、道筋を確認する。ここに来るのは昨秋の入試面接以来、二度目だった。その時も理学部棟を訪れたはずだが、道はすっかり忘れている。

入学式当日だというのに、学生たちの姿はまばらだった。それもそのはずで、この時間まだ入学式は終わっていないし、会場は学外のコンベンションセンターだった。部活やサークルの勧誘部隊も入学式の会場に集結している。瞭司はそんなことも知らず、人気のないキャンパスを歩きはじめた。

広々としたキャンパスでは、風が吹くと住宅街よりも寒く感じる。ジャンパーでも着て来ればよかった、と後悔した。地元では四月になれば誰も上着なんか着ていないが、東京は長袖《そで》のトレーナー一枚では寒い。せめて中にシャツでも着るべきだった。

関係のない工学部棟や厚生棟を行ったり来たりしながら、ようやく理学部棟にたどりついた。歴史ある建造物らしく、外壁には長年の風雨に耐えた痕跡《こんせき》が刻まれている。今度はここから研究室の場所を探し当てなければならない。面接で来た時はとにかくあわただしかったせいで、ほとんど記憶に残っていない。

入口の脇に警備員の詰所があり、還暦を超えているであろう警備員がいた。小沼の研究室の場所を訪ねると、口の端から息をもらしながら場所を教えてくれた。中央の階段で二階に上がり、西側に曲がってすぐの部屋。

教えられた通りに行くと、たしかに学生たちの居室らしき部屋があった。隣接する教授室には小沼の名前が書かれた札が下がっている。閉ざされたドアをノックしたが、室内からの反応はない。ノブを引いたが鍵《かぎ》がかかっていた。小沼は不在らしい。

仕方なく学生居室を訪ねた。ドアは開け放されていたので、すいません、と言いながら足を踏み入れた。デスクに向かって何か読んでいたふたりの男が同時に振り向く。ひとりは小柄な長髪で、もうひとりは背の高い坊主頭。顔はそろって無精ひげにまみれている。年齢は二十代にも見えるし、四十代にも見える。長髪のほうが口を開いた。

「え、誰」

人と話すのは苦手だが、侮られるのも嫌だった。

「僕、小沼先生に呼ばれてるんですけど、どこにいるか知ってますか」

変声期前の名残りがある、かすれた高い声。今度は坊主頭が言う。

「入学式じゃないの。まだ十一時だし、終わってないでしょ」

「それより、きみ誰？　新入生？　高校生？　中学生じゃないよね？」

長髪のうわずった声は、明らかに動揺していた。

「あ、新入生です」

「入学式、出なくていいの」

「親には出とけって言われたんですけど、場所がよくわからなくて。面倒だし」

「面倒って……」

絶句した長髪に代わって、坊主頭が尋ねた。「もしかして特推の新入生？」

「トクスイ？」

意味がわからないまま反復すると、教えてくれた。

「特別推薦生のこと。小沼先生、今年度の指導教官だから」

それなら聞き覚えがある。はい、と答えると、二人そろって感嘆の声をあげた。

瞭司には特別推薦生という立場が今ひとつわかっていない。ただ、小沼に勧められたから従っただけだ。

もともと大学の格になど興味はなかった。数学と英語以外で点数を取れる自信はなかったから、試験が面接だけなのは好都合だった。それに、特別推薦生は四年間の学費が全額免除される。瞭司にとってはちょっとした親孝行のつもりだった。

「特推って、実績ないと合格できないんだろ。数オリとか」

「なんですか、それ」

「数学オリンピック、知らんの」

「あ、聞いたことあります。でも僕、そういうの出たことないんです」

「じゃあ何も実績ないの」

思い当たることはあまりない。瞭司は面接で聞かれたことを思い出した。「論文の内容は色々聞かれました」

「論文？　きみが？」

「はい。ムーンシャインの別解について」

「高校生で論文書いたってこと」

「嘘でしょ」

二人の先輩は目を剝《む》いた。瞭司はあわてて手を振る。

「でもまだ受理されてないんです。もう半年も経つのに。国内の雑誌に投稿しとけばよかった、って小沼先生は言ってるけど」

論文を投稿したのは昨秋、面接の直前だった。面接官のなかにトポロジーの専門家がいて、重箱の隅を突《つ》くような質問をいくつもされたせいで疲れてしまった。

おそるおそるといった様子で、長髪が問う。「名前は?」

「えーっと。『ジャーナル・オブ・マセマティック……』」

「いや、雑誌じゃなくて。あなたの名前」

「あ、三ツ矢瞭司です。先生が来るまで待っててもいいですか」

どうぞ、と言いかけた坊主頭を長髪が制止した。

「あの空き部屋がいいんじゃない。俺たちと一緒だと気まずいでしょ。ほら、教授室の逆側に使ってない小会議室があるから。あそこ鍵かかってないし。物置きみたいになってるけど、気にしないで。先生が来たら呼ぶから」

長髪の手元をのぞくと、論文のコピーの下に派手な表紙の雑誌が隠れていた。パチンコ、の文字が見える。なるほど。新入生がいないほうがサボるには好都合というわけか。瞭司は二人に礼を言って居室を出た。

教授室をはさんで逆側の部屋には〈小会議室〉という札が下がっていて、教えられた通り施錠されていなかった。正面の壁は腰から上が窓で、残りの壁は本棚で埋まっていた。古い書籍や雑誌、卒業論文などが押しこまれている。たしかに物置きらしい。部屋の中央には円卓があり、パイプ椅子が無造作に散らかっていた。

瞭司はパイプ椅子を引き寄せ、腰をおろした。入学式はたしか十時開始だから、正午までには終わるだろう。家を出る前に菓子パンを食べたから、昼までは腹も持つ。本棚に収められているのは、数学に関する書籍や雑誌ばかりだった。この部屋なら何日でも時間をつぶすことができそうだ。瞭司は目についた整数論のテキストを手に取り、目を通した。

退屈な公式の羅列が続く。緊張がほぐれたこともあって瞭司は眠気をもよおした。しかし別の本に移ろうとした寸前、視線がある問題に釘付《くぎづ》けになった。

コラッツ予想。数論の未解決問題として名高い難問である。瞭司も問題の内容は知っていたが、真剣に検討したことはなかった。

予想の内容は、足し算、掛け算、割り算ができれば理解できる。

〈任意の正の整数nを選ぶ。nが偶数の場合は2で割り、nが奇数の場合は3をかけて1を足す。この操作を繰り返すと、どのようなnからはじめても有限回の操作のうちに1に到達する〉

仮に最初の数が21、24、29だとすると、次のような操作を経て1に至る。

21→64→32→16→8→4→2→1
24→12→6→3→10→5→16→8→4→2→1
29→88→44→22→11→34→17→52→26→13→40→20→10→5→16→8→4→2→1

現在までに、コンピュータで約７０００兆の正の整数まで成り立つことが確認できている。しかしそれ以上の数で反例が存在しないとも限らない。つまり計算を繰り返すだけでは、証明までたどりつくことは永遠にできない。

瞭司は筆記用具を探したが、見つからないので学生居室に戻った。長髪の男はパチンコ雑誌を隠す暇もなく、「なんだ、なんだ」とあわてた。

「紙とペン、借りてもいいですか」

坊主頭の男からコピー用紙の束とボールペンを受け取り、瞭司はさっそくコラッツ予想の証明に取りかかった。退屈しのぎにはちょうどいい。手はじめに、得意の群論への拡張を試みる。分野が異なっても、骨格は共通しているというのは数学ではよくあることだ。

しばし、瞭司は時計を見ることも忘れてペンを走らせ続けた。３ｎ＋１の操作を半群へ変換し、ここからどう料理しようかと考えこんでいたところ、背後から声をかける者がいた。それでも気にせずペンを走らせようとしたが、肩を揺さぶられ、瞭司はようやく我に返った。振り向くと小沼が立っていた。

「ああ、先生」

「何やってんだ」

小沼が前髪をかき上げた。壁の掛け時計は二時を示している。瞭司にはほんの数分に感じられたが、しっかりと腹は減っている。

「コラッツ予想を検討してました」

「コラッツ予想？　また面倒くさそうなところに足を突っこんでるな」

小沼の背後には、スーツ姿の新入生がふたり立っていた。ファンデーションで真っ白い顔になった女子と、眼鏡をかけた痩《や》せ型の男子。ふたりは緊張した面持ちで、瞭司と小沼のやりとりを見守っていた。

「なんでこの部屋がうちの研究室だってわかった？」

「髪の長い人と、坊主の人に教えてもらいました」

「田中《たなか》と木下《きのした》か」

「あのふたりは何歳ですか」

「君らの三年先輩だ。ふたりとも老けてるけどな」

白い顔の女子が後ろから割って入った。

「あの、お知り合いですか。小沼先生」

「知り合いというか……きみたちと同じ特推生だ」

質問した本人は、えっ、と言ったきり二の句が継げないでいる。男子のほうは意に介さず、関心がなさそうな顔で突っ立っていた。

小沼は新入生たちを円卓に座らせ、自分は窓を背にしてパイプ椅子に腰をおろした。

瞭司は未練がましく検討を続けようとしたが、注意されて渋々手を止めた。男女は小声で会話をしている。もともと知り合いなのかもしれない。

「熊沢君、三人目がいるって知ってた？」

「知らない」

「数オリでも見たことないけど」

瞭司は頭の片隅に居座るコラッツ予想の影を追いやり、小沼の配る封筒を受け取った。

「では、これから特推生向けのガイダンスをはじめます。改めて指導教官の小沼です。どこの学部学科でも特推生には担当の指導教官がつくことになっていて、理学部数学科では今年度は私が務めることになっています。研究室配属のある三年までは、研究でわからないことがあったら私に聞いてください」

　生返事をしながら、瞭司は封筒から冊子を抜き取った。特別推薦生のみなさんへ、と表紙に印字されている。空腹を紛らわせるために目を通す。特推生はゼミや研究室への配属まで、必要に応じて担当の指導教官に指導を仰ぐことができる。そうだったんだ、と瞭司はようやくこの制度を理解した。

　協和大学が特別推薦制度を導入したのは七年前。理系の名門として質の高い学生を確保するため、実績ある学生を集めている。見返りは学費免除と研究環境の提供。

「まあ特推といっても大学生だから、たいてい一、二年はサークルやバイトで忙しくて指導教官の出番はないらしいけど。別に研究することは強制じゃないし、遊びたければ好きなように遊んでくれ。冊子は家で読んでおいてくれればいいから。じゃあ、一応自己紹介しとこうか。熊沢君から」

　退屈そうに眼鏡の男子が口を開いた。「熊沢勇一です」

「彼は数学オリンピックの日本代表なんだ」小沼が瞭司に向かって付け加えた。

「メダルは取れませんでしたけど」

　自嘲《じちょう》的に言うと、熊沢は笑いもせずに瞭司へ視線を向けた。

「三ツ矢君だったよね。コラッツ予想、解けたの？」

　素直に首を振る。「いや、まだ解けてない」

「だろうね」熊沢は片頬を持ち上げて、皮肉な笑みをみせた。

「解けるわけない。エルデシュが、今の数学じゃ絶対解けないって言ったんだよ」

「でもいつか解けるかもしれない」

「百年経っても無理だね」

それきり熊沢は口をつぐんだ。眼鏡の奥の目が、冷ややかに瞭司を見ている。喧嘩《けんか》を売られたような気がしたが、瞭司には心当たりがなかった。小沼はあっさりと熊沢の紹介を終えた。

「次、斎藤さん」

「斎藤佐那です。私も熊沢君と同じ、数オリの日本代表でした」

「斎藤さんは銅メダリスト」

ふたりが知り合いだった理由はわかったが、メダルの意味はわからない。

「銅メダルって、どのくらいすごいんですか」

「え、知らないの。特推生でしょ」

佐那は珍獣でも見るような目をしていた。居室にいた先輩たちと同じ反応だ。やはり知っていて当たり前のことらしい。無愛想を決めこんでいた熊沢は眉《まゆ》をひそめている。瞭司は戸惑った。知らないものは知らないのだ。

「僕は数学の大会とか出たことないから」

「でも、特推生には卓越した実績が必要でしょ。だから数学科の特推はほとんど数オリの日本代表か予選上位だって聞いたけど。そうですよね、先生」

食ってかかる佐那に、小沼は苦笑しながら答えた。

「三ツ矢君は論文を投稿してるからね。それも卓越した実績ってこと」

小沼は教授室から数枚の紙片を持ってきて、佐那の前にすべらせた。瞭司が書いた論文のコピーだった。

「群論の重要な問題に別解を与えた。まだ受理はされていないけど、非常に画期的な手法だ」

佐那はコピーにさっと目を通すと、悔しさを押し殺すようにつぶやいた。

「納得しました」

熊沢はひと言も発しないまま、音を立てて冊子を閉じた。


「え、じゃあ何、先生と会うのは入学式が三回目？　それであのなれなれしさ？」

田中は顔だけでなく、首から手の甲まで赤く染まっていた。身体を揺らすたびに長い前髪も一緒に揺れる。瞭司が入学前に小沼と会ったのは高校二年生の頃が一度目、入試面接が二度目だった。そんな話をすると、田中は指を折って数えはじめた。

「高二ってことはいつだ。三年前？」

「二年前だろ。数学科のくせに引き算もできないのかよ」

田中を諭す木下の顔色は素面《しらふ》の時と変わらない。体格のいい木下が持つと、ビールジョッキもコーヒーカップくらいに見える。

特推生の歓迎会に小沼の姿はなかった。二日前になって海外出張が決まり、とるものもとりあえず小沼は出国した。やたらと忙《せわ》しなく見えるのは彼自身の問題なのか、教授という立場のせいなのかはわからない。

教員の不在をいいことに熊沢も佐那も酒を注文しているが、瞭司はウーロン茶を飲んでいた。瞭司にとって、アルコールは美しい数学の世界を曇らせるものでしかなかった。かつて、おひたしに入っていた料理酒に酔い、検討していた問題のことがまともに考えられなくなったことがある。宴会中も問題のことを考えている瞭司にとって、飲酒は思考の邪魔でしかなかった。

田中と木下は学部四年生だった。瞭司がいつ研究室を訪ねても、だいたいこの二人がいる。博士課程の学生をさしおいて、居室の主のような風格を醸し出していた。

木下はカプチーノでも飲むような仕草でジョッキを干した。

「手紙のやりとりだけでよく論文が書けたね」

「でも、電話より手紙のほうが検討内容を共有しやすいんで」

「俺らとは住む世界が違うな」

田中は唇をとがらせながら、お猪口《ちょこ》に冷酒を注いだ。

「ボーダーギリギリで合格した俺が、特推生と一緒に酒飲んでるなんてなあ。何か不思議な気分だよ。あ、三ツ矢は飲んでないか」

瞭司はウーロン茶を喉《のど》に流しこむ。

「なんでボーダーギリギリって知ってるんですか」

「開示請求したら教えてくれんだよ。お前らは面接しかやってないから知らないのか。でもこれ自慢だけど、数学は満点だった」

瞭司は隣に座る熊沢を横目で見たが、黙ってビールを口に運んでいるだけだった。へー、と試しに言ってみたが、白々しさがただようだけだった。

「田中、昔は神童って呼ばれてたんだろ」

木下がとりなしたが、田中は空しそうに冷酒の水面を見つめている。

「親戚《しんせき》にな。でも俺みたいなエセ神童と違って、こいつらマジの神童だろ。まあ、せいぜい俺らは一般人らしく生きるさ。な、木下」

「同類かよ。勘弁してくれ」

別のテーブルからは斎藤佐那の嬌声《きょうせい》が聞こえる。男たちの視線は自然とそちらに吸い寄せられた。ただでさえ女っ気の少ないこの研究室では、女子というだけで人目を引く。田中はいじらしく日本酒をすすった。

「俺も佐那ちゃんのテーブル行こうかな」

「露骨だろ」

「そういえば熊沢って、数オリで佐那ちゃんと一緒だったんだろ。どんな子なの」

熊沢は両手を振ってはしゃぐ佐那を冷ややかに見やり、顔色を変えずに言った。

「別に。あんな感じですよ」

「だから、どんな感じ」

「初対面でも自分からどんどん話しかけてくるんです。社交的っていうか、臆面《おくめん》がないっていうか。まあ、いい時もあるけど、そういうのが嫌いな人もいるじゃないですか。だから苦手に感じてる人もいました」

「……お前、本当に十八歳？　冷静すぎじゃない？」

冷静というより、関心がない。熊沢のそっけない横顔を観察しているうちに、瞭司の思考はいつの間にか群論の世界へ飛んでいた。

瞭司の意識は四六時中、数の世界とつながっている。ひとりで検討に集中している時だけではない。歩いている間も、食事をしている間も、関係のない話をしている間も、意識の片隅で途切れることなく問題を考えている。飲み会の最中も例外ではない。

高校の頃から考えている問題のひとつが、急に頭をよぎった。一本の紐《ひも》が自在に形を変えながら、何もない空間を泳いでいる。じきに紐は輪となり、多角形に変化する。

折り、ねじり、重ね、ずらし、ほどいては別の場所を結んでみる。紐の動きを次々と試しているうち、意識がとらわれていた。

「おい、三ッ矢」

気づくと、田中の顔がすぐ目の前にあった。肩が前後に揺さぶられ、酒臭い息が瞭司の顔に吹き付けられる。

「あ、はい。なんですか」

「なんですか、じゃねえよ。お前、急に意識飛んだからどうしたのかと思った」

田中の隣で、木下も心配そうに様子をうかがっている。瞭司は平然と答えた。

「ムーンシャインの一般化について考えてました」

熊沢は我関せずといった調子でから揚げを食べている。一瞬の沈黙の後、田中と木下はゆっくりと顔を見合わせ、苦笑した。木下が愛想のない熊沢に話を振った。

「熊沢は知ってるか、ムーンシャインとかなんとか」

「知りません。聞いたこともない」

その返事を聞いて、瞭司は無邪気に言った。

「へえ。じゃあ、数学オリンピックには出てこないんだね」

熊沢は勢いよく箸《はし》を皿に叩《たた》きつけて瞭司をにらむ。陶器が鳴る高い音がした。

「仲良くしなさいよ」

諭す木下の隣では、田中がにやにや笑っていた。

飲み会は最後まで他愛のない話をして終わった。居酒屋を出ると、田中が率先して「二次会行きまーす」と叫んだ。木下は携帯電話で別の居酒屋に予約を入れている。田中が新入生のほうを振り向いた。

「お前らも二次会行くか」

「すぐに問題の続きをやりたいんで、今日は帰ります」

瞭司の答えに怒るどころか、田中は胸を張った。

「気にせず帰れ。俺は飲みたくない人間に無理強いはしないタイプだからな」

熊沢も二次会の誘いを躊躇《ちゅうちょ》なく断り、その場を去ろうとしていた。佐那は迷っていたが、同期がいないのを見てひるんだのか、一緒に帰ることになった。参加者のおよそ半数が次の店に消え、瞭司たちは何となく並んで歩きだした。三人とも途中までは帰り道が同じだった。

学生街の夜道は人気が少なく、明かりといえばアパートや民家から漏れる照明の光くらいだった。垢抜《あかぬ》けない瞭司や熊沢と並んで歩いていると、佐那のしゃれっ気が際立つ。淡い黄色のワンピースにデニムジャケットを羽織り、手指の爪は控えめな桃色のネイルで彩られている。宴会の余韻か、佐那は高い声を張りあげた。

「二人ともバイトとかするの」

たぶんしない、と瞭司が答え、考え中、と熊沢が答えた。佐那はサークルや研究室選びについても尋ねたが、男たちが似たような反応を示すのを見て質問の角度を変えた。

「小沼先生、カッコよくない？　独身らしいよ」

あ、そう。熊沢が気のない返事をした。瞭司はまた頭のなかで紐を動かすことに夢中になり、黙って足を動かしていた。佐那は急に無口になった瞭司の顔をのぞきこむ。

「どうかしたの」

「ううん。ちょっと気になる問題があって、考えてただけ」

「飲み会の後まで数学のこと考えてるなんて、筋金入りだね。あたしには真似できない」

熊沢が棘《とげ》のある声で口をはさんだ。

「三ツ矢君さ、自分が才能あるって自覚してるんだろ」

え、と言うのが瞭司には精一杯だった。関心のなさそうだった熊沢の目に、いつの間にか嫉妬《しっと》の火が灯《とも》されている。

「入学式サボったり、ガイダンスにもスーツじゃなくて私服で来たりさ。飲み会の最中もこれみよがしに先輩のこと無視したり。自由奔放な天才のアピールかもしれないけど、そういうの鼻につくよ」

「なに、熊沢君酔ってる？」

佐那が割って入った。熊沢は横目で佐那を見て、鼻を鳴らした。磨かれた眼鏡のレンズが街灯の光を反射している。

「俺はもう真面目に数学やる気ないから」

十字路に差しかかると、熊沢は右手に方向を変えた。こっちだから、じゃあ。それだけ言い残し、熊沢の背中は遠ざかっていった。取り残された瞭司と佐那は直進する。

「熊沢君って、高校の時に何かあったの？」

佐那は不機嫌そうに返す。

「さあ。でも、前からああいうところあったね。何考えてるのかわかんないっていうか。数オリの合宿でもみんなと距離置いてたし。気にしないほうがいいよ」

じきに佐那が住む十二階建てマンションの前に来た。彼女の部屋は最上階にあり、大学のキャンパスが一望できるという。瞭司の部屋からは隣家の植木しか見えない。

「斎藤さんも、三年までは数学やらないつもり？」

自動ドアをくぐろうとしていた佐那は首をかしげた。

「わかんない。これから考える」

瞭司はエレベーターに消えた佐那を見送り、歩き出した。

佐那のマンションからアパートまではすぐだった。大学の正門からも歩いて十分とかからない。理学部棟に負けず劣らず古びた二階建てで、外廊下の蛍光灯は大半が切れている。家賃はこのあたりでも特に安い。鍵を差しこみ、固い感触に抵抗して手首をひねると、がちゃりと大きな音がして解錠される。いつか鍵が折れるのではないかと心配だった。

瞭司の部屋は二階の角部屋だった。玄関のすぐ脇に背の低い冷蔵庫が押しこめられ、おもちゃのようなコンロと流し台がある。六畳半の狭苦しい和室には実家から送られた布団が敷いてあった。枕元の座布団と座卓の周囲には、計算用紙の束や教科書、論文の類《たぐい》が散乱している。まだ引っ越してひと月と経っていないというのに、何もかもが無秩序に散らばっていた。

服を部屋の片隅に脱ぎ捨て、ユニットバスでシャワーを浴びる。出の悪い湯水がシャワーカーテンを濡《ぬ》らした。居酒屋に行ったのは初めてだったが、あんなに煙草臭い場所だとは思わなかった。薬品の匂いがするシャンプーを手のひらに取って、頭髪にこすりつける。ドラッグストアの店頭で一番安かったものだ。

何となく、熊沢のことが気にかかった。熊沢は瞭司のことを天才のアピールをしていると言ったが、瞭司にはそういう熊沢こそ傷ついた数学少年を演じているように見えて仕方なかった。ふてくされた態度で不満を訴え、関心を惹《ひ》こうとしている。怒りや軽蔑《けいべつ》より、もったいない、という感想が先に立った。

国際コンテストの日本代表になるくらいなのだから、熊沢も優れた〈数覚〉の持ち主のはずだった。その彼が数学を放棄することは大きな損失だ。もったいない。泡立てたシャンプーを洗い流した。細かい泡が渦を巻いて排水口に流れていく。目をつぶって温かい湯を浴びていると、ふと、目の前を何かがよぎった。目を閉じているのだから網膜が像を結ぶはずはないのだが、確かに何かを見た。

瞭司は顔を上げ、先ほど見えたものをふたたび呼び戻そうとした。湯を浴びたまま、注意深く思い出し、真剣に考える。あれはひらめきの予感だった。

脳裏に浮かぶのは、幾重にも絡みあう紐。鏡映群の紐だ。複雑に踊る紐たちは、やがて結晶構造を形成する。カッティングされたダイヤモンドのようにうつくしい結晶が、突如として瞭司の眼前に出現した。

あわててシャワーを止め、素っ裸のままユニットバスを飛び出した。もしかしたら、例の問題の手がかりをつかんだかもしれない。ムーンシャインの一般化。頭のなかはそのことで一杯だった。

身体から水を滴らせながら瞭司は座卓に取りついた。バスタオルで乱暴に手を拭《ふ》き、ボールペンを握りしめる。左側に積み上げられた計算用紙を抜き取り、思いつくままにペンを走らせる。ペン先が座卓を叩く音だけが部屋に響き、五分としないうちに白紙が記号と数字で埋められた。隙間は英語のメモで埋められる。

肌に浮いていた水分が蒸発しきる頃には、手の親指の付け根が痛んできた。いつものことだ。爆発的に拡散するイメージに身体が追いつかない。瞭司が英語を学んだのは、少しでも書くスピードを速くするためだ。日本語で書けばどうしても漢字で時間を食う。ちまちまと線を引いているうちに、ひらめきに靄《もや》がかかってしまう。

痛みに耐えかねてわずかに手を止めると、急に寒気を感じた。四月中旬の夜はまだ全裸で過ごすには気温が低すぎた。下着と寝間着をまとい、毛布をかぶって座卓に向かう。

実在しないはずの抽象的なイメージなのに、触れるような現実感を伴っていた。まだ日付も変わっていない。瞭司の前には長い夜が残されている。熊沢のこともコラッツ予想のことも、きれいに頭から消えていた。

小会議室の窓から差す朝日を浴びながら、瞭司は一心にペンを動かしていた。円卓には図書館で借りた素粒子物理の専門書が積みあげられている。時おり専門書のページをめくりながら、瞭司は計算用紙を黒々と埋めつくしていた。

インクがかすれてきた。瞭司はペンを投げ捨て、新しい一本を手に取る。五本百円でまとめ買いした安物だから、使い捨てても財布はたいして痛まない。

午前八時をまわった頃、ドアがそろそろと静かに開けられた。

「げっ、いるよ」

ドアを開けたのは田中と木下だった。そろって朝食の入ったレジ袋を提げている。自分の世界に没入している瞭司は振り向きもせず、ペンを動かし続けていた。田中たちもこの反応には慣れている。パイプ椅子を引き寄せて腰をおろし、田中は卓上の専門書を手に取ってぱらぱらとページをめくった。木下は携帯をいじっている。

やがて、切りのいいところで瞭司が手を止めた。ペンが走る音が止むと、部屋は静寂に包まれる。瞭司は顔を上げ、かすれた声で言った。「おはようございます」

「お前、いつからここにいんの」

「昨日の夕方からです」

「寝ずに？」

「……そういえば、寝てない」

「お前の集中力ってどうなってんの。腹とか空《す》かないの」

田中に問われると、今まで忘れていた空腹感が急激に押し寄せてくる。

「空きました」

レジ袋からコンビニのおにぎりが転がり出てきた。田中はそのひとつを無造作につかみ、瞭司に突き出した。

「とりあえず、これ食え」

「いいんですか。すいません」

「これもやるよ」

木下はクリームパンをくれた。紙コップに注いだ水道水で流しこむ。おにぎりをかじりながら田中が尋ねた。

「ムーンシャインは解決できそうなんか」

「ゴールは見えてるけど、説明するためのうまい言葉が見つからないんです」

瞭司には到達すべき点がはっきりと見えている。しかしそれを理論的に説明する言葉がまだ見つかっていなかった。上空から悪天候の迷路を見下ろしているような気分だった。ゴールの位置はわかるが、そこに至るルートにところどころ霧がかかっている。霧を追い払うには、瞭司ひとりの力では限界があった。

「ところで、なんで素粒子なんよ」

「素粒子の言葉で説明できるかなと思って。コクセター群は理論物理でも使われるし、この感覚に当てはまる言葉が物理学のどこかにあるような気がするんですよね」

瞭司は問題解決に物理の理論を導入するのが得意だった。ある種の潔癖症ともいえる数学者は純粋数学を愛するあまり物理の言葉を嫌うが、瞭司はその真逆で、数学の問題解決のため積極的に理論物理を勉強していた。

田中はペットボトルの緑茶を飲み、包装のフィルムを丸めた。

「素粒子までいっちゃうと、俺にはもうついていけないな」

「最初からついていけてないだろ」

木下が呆《あき》れたように指摘し、ついでに瞭司にも言った。

「俺たちより研究室にいる時間が長い学生なんて、三ツ矢しかいないよ」

またたく間に食べ物をたいらげた瞭司は、卓上の専門書を積み直した。

「先輩たちの研究はどうですか」

「三ツ矢に心配されなくても進んでる。木下はどうか知らんけどな」

「はいはい。神童には負けるよ」

田中と木下の研究テーマは岩澤理論の一般化だった。田中は保型《ほけい》形式、木下は楕円《だえん》曲線が専門である。岩澤理論は小沼が最も得意とする分野であり、この研究室の主要な研究テーマだった。

大口を開けてあくびをした木下の目尻《じり》に涙が浮いた。

「そういえばこの間、熊沢見たぞ」

「どこでですか」

歓迎会以来、研究室を訪れている特推生は瞭司だけだった。熊沢や佐那が何をしているかは小沼も知らない。瞭司のように入学早々研究に取りかかる者はごく一部で、大部分の特推生は周囲に流されるまま遊びやアルバイトで忙しい生活を送っていた。

「駅前のマンガ喫茶。深夜に働いてるらしい」

「特推生が時給千円ちょいとはな。数学オリンピック日本代表だぞ」

田中が茶々を入れる。木下は大柄な身体を縮こめた。

「話しかけたけどそっけなくてさ。関わり持ちたくなそうな感じだったんだよな」

「別にうちの研究室の学生じゃないからな。指導教官が小沼先生ってだけで」

「そうだけど。でも露骨に嫌がられるのも悲しいな」

俺はもう真面目に数学やる気ないから。瞭司は宴会の夜に聞いた、熊沢の芝居がかった台詞《せりふ》を思い出した。彼が本心から数学を捨てたとは思えない。本当に嫌になったのなら、そんな捨て台詞を残さずそっと去ればいい。数学科を選んだこといい、熊沢の行動はどこかちぐはぐだった。

「何時から働いてるんですか」

「わからんけど、俺が行ったのは十一時くらい」

「行くつもりか」田中の反応はやめておけと言わんばかりだった。

「僕、マンガ喫茶って行ったことないんです。興味あって」

木下が教えてくれた店名をメモに取った。

瞭司はそのまま検討を続けて夕方にアパートへ帰り、仮眠をとった。目が覚めるとちょうど夜十一時を回ったところだった。財布と鍵を入れたバックパックを背負い、駅前へ向かう。

　駅前はチェーン居酒屋とコンビニのネオンサインでまぶしいほどだった。木下に教えてもらったマンガ喫茶は雑居ビルにあり、ダイニングバーとファミレスに上下を挟まれていた。五階の受付までエレベーターで昇る。エレベーターの室内には芳香剤の匂いが充満し、壁にはテープの跡やガムのような汚れがへばりついていた。

　両側に開いた扉の正面が受付だった。カウンターは無人だったが、瞭司が歩み出ると右手のカーテンからさっと店員が現れた。裏手で監視カメラでも見ているのだろうか。

　黒い制服を着た店員は生気のない顔でカウンターに入った。店員は胸元に〈くまざわ〉という名札をつけている。瞭司の顔を見るなり、セルフレームの眼鏡が鼻の上で躍った。

「やっぱり、ここでバイトしてるんだ」

「……だから？」

「木下さんが教えてくれた」

「あの坊主の先輩か？　それで、わざわざ俺をバカにしに来たのか」

　熊沢はホワイトボードの座席表を指さした。「早く席選べよ」

「また研究室に来てほしい」

視線を手元に落としたまま、苛立《いらだ》った調子で熊沢は応じる。

「何言ってんの、お前。俺は数学やらないから。バイト先で邪魔するのやめてくれ」

「一緒に解いてほしい問題があるんだ。僕にはもうゴールは見えてる」

「だったらひとりでやれよ。ほら、席。勝手に決めるからな」

熊沢は〈在室中〉のマグネットを13番の座席にくっつけ、瞭司を残してカーテンの奥へ消えた。瞭司はしばし考えたのち、カウンターに転がっていたボールペンを拝借し、コピー機からA4用紙の束を勝手につかみとった。

マンガが隙間なく詰めこまれた本棚の間を抜け、13番の座席にたどりつく。およそ一畳の個室はデスクトップのパソコンとリクライニングチェアに占領されていた。瞭司は身体をねじこみ、チェアに身体を横たえた。

パソコンのキーボードを除《よ》けてコピー用紙を置く。ペンを握り、思うまま紙束に数式を書き連ねた。二十四時間数学のことを考えている人間にとっては、意識する必要もない作業だった。検討すべき問題は決まっている。熊沢はムーンシャインについては知らないようだったが、コラッツ予想なら知っていた。瞭司は入学式の日の続きを見せてやるつもりだった。脳裏には、ダイヤモンドダストのようにきらめく粒が舞い散っている。頭に浮かんでは消える事象を、片端から紙の上につなぎとめる。マンガ喫茶の個室でも、理学部棟の小会議室でも、やることは変わらない。

どんなに息苦しい空間でも、いったん数学の世界に没頭してしまえば関係ない。デスクライトを頼りに、瞭司は白紙を記号で埋め続けた。熊沢を説得するには、幾千の言葉よりも数式のほうがずっと力があるはずだ。

一夜を費やして、瞭司は五十枚の白紙に数理の幻想世界を描きだした。数覚に優れた者なら惹きつけられずにはいられない光を放っている。瞭司にとっては一瞬の出来事だったが、すでに時刻は午前五時を過ぎていた。

ひどく喉が渇いている。六時間飲まず食わずでいたのだから当然だった。瞭司はドリンクバーでメロンソーダを立て続けに三杯飲んだ。四杯目を注ぎ、口に運びながら席に戻った。安っぽい香料が妙にくせになる。

エレベーター前に戻ると、ふたたび熊沢が無言で出てきた。瞭司は一夜かけてつむいだ数式の物語を、カウンターに静かに置いた。

「続きが読みたくなったら、研究室に来て」

熊沢は一瞥《いちべつ》すると、わざとらしく紙束を横にずらして料金を受け取った。ひと言も交わさず、ふたたび背中を見せてカーテンの奥へ消える。

瞭司が雑居ビルを出ると、吸殻まみれの路上に朝日が降りそそいでいた。壁に窓がなかったせいで時間の感覚がない。目をしょぼつかせながらキャンパスへ足を向ける。もしかしたら、今日にも熊沢は研究室に来るかもしれない。いや、きっと来る。勝算はあった。

しばらく歩いたところで、瞭司はマンガ喫茶のコップを持ったまま出てきてしまったことにようやく気づいた。引き返すのも気恥ずかしく、仕方なく中身を飲みほしたコップをバックパックにしまった。熊沢には後で謝っておこう。

研究室にはまだ誰も来ていなかった。瞭司は小会議室にこもり、いつものようにムーンシャインの検討をはじめた。専門書を見比べながら数式を書き起こす、地味な作業が続く。

今までずっと、瞭司はひとりきりで数式と向き合ってきた。小沼と手紙のやりとりはしていたが、伴走者というよりは道標のような存在だった。同級生に数学の話ができる相手がいるはずもない。一緒に走る仲間をつくることは、瞭司にとって目標のひとつだった。同じ特推生なら数学の実力は申し分ないはずだ。わざわざ東京に来てまで、ひとりで研究を続けるのは寂しかった。

一限目の時刻が近づくと、理学部棟に少しずつ活気が満ちてくる。今日は何か授業があった気がするが、目の前の検討のほうが大事だった。瞭司は手を休めることなく、一心に素粒子の世界へ没入した。

じきに二限目の開始時刻が訪れ、唐突に小会議室のドアが開いた。驚いて瞭司が振り向くと、佐那が立っていた。

「斎藤さん」

「三ツ矢君、授業出てないでしょ。特推生が線形代数の単位落としたら笑われるよ」

佐那はごく自然な動きでパイプ椅子に腰かけ、ジーンズをはいた細い足を組んだ。

「なんで居室じゃなくてここでやってるの」

「一年生はまだ研究室の所属じゃないから。席もないし」

「そっか。じゃあ、あたしもこっちだ」

瞭司には意味がわからなかった。佐那は打ち明け話をするように、声のトーンを落とす。

「入学してから学生団体とか入ってみたんだけど、あんまり面白くなくてさ。飲み会やって、わーっと騒いで終わりだもん。どうしよっかなあと思ってたら、小沼先生に三ツ矢君が面白そうなことやってるって聞いたから」

「僕はここで数学やってるだけだよ」

「結局、数学やってる時が一番面白いの」

「じゃあ一緒に検討してくれるの」

まあね、と言って佐那は物理の専門書を手に取り、不思議そうにページをめくった。

「それで、どんな問題やってるの」

瞭司は取り組んでいる問題について、嬉々《きき》として説明をはじめた。

　生物が光に接近する性質を、正の走光性という。蛾やある種の微生物は明るい場所を好み、暗い場所を忌避するため、正の走光性を持つといわれている。

　瞭司は、人間には生まれつき数学への正の走性が備わっていると信じていた。特に感覚の発達した一部の人間は、数学が放つまばゆさに否《いや》が応でも引き寄せられてしまう。本人の意思とは無関係に、本能的に魅了されてしまうものなのだ。瞭司も佐那も、本能的に数学を欲している。

　そして熊沢の数覚が本物なら、彼も必ずここに来るはずだった。もうひとりの仲間が集まるのを、瞭司は待った。

　窓から入る日差しが一段と強まる正午前、ひとつの足音が小会議室の前で止まった。瞭司は気づいていたがドアを開けには行かなかった。無理にやらせても意味がない。本人の意思で開けることが大事だ。

　やがて、ためらいがちにドアが開いた。わずかな隙間から男が顔を見せる。あ、と佐那が声をあげた。ドアはさらに開き、熊沢は部屋へ足を踏み入れる。

「あれ、コラッツ予想だろう」

　徹夜明けの疲れた熊沢の顔を見て、瞭司は頰からこぼれ落ちる笑みを我慢することができなかった。「よくわかったね」

「馬鹿にするなよ。もしかして、解けたのか」

「これから解くんだよ」

瞭司はパイプ椅子の座面を手でたたいた。

「さあ、座って」

3 塵

万年筆のインクが切れた。

計算用紙の余白で試し書きしてみたが、ペン先は何の軌跡も残さない。この万年筆は、昨年の誕生日に妻の聡美《さとみ》から贈られたものだった。替えのカートリッジを買い置きしておかなかったことを後悔する。

小会議室を出て准教授室へ移動する。かつて小沼が使っていた部屋は、今では熊沢の居室となっている。文房具入れを探してみるが、ボールペンの一本すら見つからない。こういう時、秘書を雇っていれば、と思わずにはいられなかった。しかしそれだけの予算を獲得する術《すべ》は若手の熊沢にはない。すでに夜十時を過ぎ、学生は誰もいなかった。

念のためデスクも探ってみる。ここになければ今夜は諦《あきら》めて帰ろう。そう思いながら引き出しを見てみると、書類の下に濃紺色のボールペンがあるのを発見した。軸には〈Y. Kumazawa〉と彫られている。もらったのは修士一年だからもう十三年も経っている。試しにメモ用紙の上を滑らせると、まだインクが残っていた。

嫌でも佐那の顔がよぎる。熊沢は躊躇《ちゅうちょ》したが、雑用を片付けてようやく確保した時間を無駄にしたくはなかった。終電まで一時間ほど残されている。熊沢はペンを手に、小会議室に戻った。

帰国して協和大の助教として働きはじめてからは、小会議室は熊沢専用の作業部屋だった。准教授に昇進した今でも、どうしても集中したいときは小会議室を使う。この部屋に内線はないから、鍵《かぎ》をかけて携帯の電源を切れば、容易に外部との連絡を断つことができる。

円卓の上には瞭司のノートが広げられている。熊沢は埃《ほこり》をかぶっていたペンを手に、検討を再開した。

ノートを再発見してから二か月経つが、解読の糸口はつかめていない。准教授になってからというもの、日々の雑務に忙殺され、まとまった時間を取ることができなかった。熊沢の研究室には他の教員は所属していない。学生の指導も、事務も、交渉も、予算申請も、何もかもを熊沢がやらなければならなかった。

瞭司が愛用していた専門書を脇に置き、ノートを幾度も見比べては試算する。新しい定理が前触れなく登場し、論旨が説明されないまま証明がはじまり、複雑な図形が唐突に出現する。熊沢は足りない説明を補足しつつ整理するのが精一杯で、まだ論理の正確さを検討する段階まで踏みこめていない。

何度も登場する〈プルビス〉という言葉は、ラテン語で〈塵《ちり》〉を意味する。この概念こそが理論の根幹を成しているはずだった。しかし熊沢には〈プルビス〉の正体が一向につかめない。

独自の造語を整理し、理解するだけでもひと苦労だった。聞き覚えのない言葉が登場すれば、関係のありそうな専門書を片端から読みあさる。しかしその言葉が見つかることは稀《まれ》で、大抵は瞭司の手による造語なのだった。そんなことを続けているから、二か月経ってもまだ一パーセントすらまともに理解できていない。

一時間はあっという間だった。参考書を卓上に広げたままあわただしく戸締まりを済ませ、熊沢は駅に向かった。

キャンパス最寄りの駅から私鉄で二十分。ベッドタウンのただなかに熊沢の自宅はある。結婚してすぐにローンを組んで買ったマンションの一室。戸建ては手入れが大変だからマンションにしよう、と主張したのは聡美だった。

ダイニングではパジャマ姿の聡美がテレビを見ていた。

「おかえり」

昇任してから、平日はいつも帰りが終電近くなる。今日は遅いね、とも言われなくなった。起きている娘の顔が見られるのは土日だけだ。

部屋でジャケットを脱いでダイニングに戻ると、テレビは消えていた。肉じゃがと味噌《みそ》汁を温め直していた聡美が熊沢の胸元に目を留めた。

「そんなボールペン、持ってたっけ」

無意識のうちに、胸ポケットにボールペンを差していた。熊沢は、聡美の何気ない口調の裏にある疑念を感じ取った。ポケットからペンを出してテーブルに置く。

「昔、友達からもらった。誕生日プレゼントで」

「名前まで彫ってある」

「もらったの、十何年も前だよ。聡美にもらった万年筆のインクが切れちゃったから、代わりにこのペン使ったんだ」

「そう。何でもいいけど」

聡美は鍋《なべ》に向き直った。「ビール飲むなら、冷蔵庫から出して」

毎日暸司の遺品と向き合っていると、あの室内にこもった、むせるようなアルコールの臭いを思い出す。熊沢は冷蔵庫の扉にかけた手をひっこめた。「今日はやめとく」

「最近飲まないんだね」

「疲れちゃって。悪酔いしそうだから」

四歳下の聡美と知り合ったのは、助教になった頃だった。理学部の教務課で働いていた聡美とは顔を合わせることが多く、教職員の懇親会で話したのがきっかけだった。

会話の端々ににじむ好意を感じ取り、熊沢のほうからアプローチした。そこから交際がはじまり、結婚に至るまで長くはかからなかった。

やや几帳面《きちょうめん》な聡美の性格を窮屈に感じることもあったが、結婚生活は順調と言ってよかった。娘が生まれてからは父としての使命感も芽生えた。娘の成長に比べれば、数学などどうでもいいと思えることすらある。

それでも、どこかに寂しさはあった。

准教授の仕事はいわゆる管理職だ。ペンを握って計算用紙と向き合う時間は極端に減った。気が狂うほど研究に没頭し、精根尽きるまで数理に没頭したあの日々が、懐かしくないと言えば嘘だった。

温められた味噌汁をすすると、昆布だしの風味が口のなかにひろがった。一からだしを取るのは聡美のこだわりだ。

椀《わん》から立ち上る湯気を眺めていても、思い出すのはあのノートのことだった。当然のように登場するプルビスという言葉。その言葉が指し示すものはまだ見えない。

「どうしたの」気づけば、聡美に顔をのぞきこまれていた。

「え？」

「話、聞いてなかったでしょ」

「ああ、ごめん。何」

「保険のこと。変えようかと思ってるんだけど」

機嫌を損ねないよう、妻の話に意識を集中する。聡美は最近勉強しているというネット保険について十分ほど話すと、ふいに黙りこんだ。娘が眠る寝室に視線を送っている。

「准教授になってから、ずっと帰り遅いよね」

妻にこういうことを言われるのは初めてだった。胸元のボールペンが尾を引いているのかもしれない。

「雑用増えたからね」

「それだけなの」

「俺がやましいことしてると思ってる？」

「そんなこと思ってないけど。隠し事してほしくないだけ」

瞭司のノートの件はまだ話していない。話せば機嫌が直るというものでもないが、熊沢は観念した。

「三ッ矢瞭司の話、覚えてる？」

「学生時代の友達でしょ。何年か前に亡くなった」

聡美の口調に、わずかだが嫉妬《しっと》が混じった。文学部を卒業した聡美は数学が大の苦手で、夫の研究内容は端《はな》から理解する気がない。その割に、熊沢が数学者仲間の話をすると嫉妬するところがあった。特に学生時代の話はそうだ。明かしたことはないが、佐那との関係についても勘づいている節がある。

熊沢は瞭司のノートを再発見した経緯を簡単に説明し、解読のために夜遅くまで大学に残っていることも明かした。

「そのコラッツ予想を証明するのは、そんなにすごいことなんだ」

「本当ならものすごいことだよ。新聞記事になる」

「その三ツ矢さんも、わかるように書いてくれればよかったのに」

これ以上わかりやすくは書けなかっただろう、と熊沢は感じていた。

瞭司は緻密《ちみつ》に論理を積みあげて証明するやり方をとらない。最初にゴールが見え、その後に現在地からゴールまでの距離を埋めるのだ。証明を急ぐあまり、論理が飛躍することはよくあった。それに晩年の状態を考えれば、まともに数学をやっていたことと自体が奇跡に近い。

「学生さんにやってもらうわけにはいかないの」

「学生には無理だ。難解すぎる。それに、この問題が解決できれば数学界全体、社会全体のためになるかもしれない。それくらい重要な証明なんだよ」

「……本当は、自分がやりたいだけでしょう」

諭すような声音だった。熊沢は、勇ましく振り上げた拳《こぶし》を背後からそっと包みこまれたような気がした。

「教務課で働いててさ、たまに科研費の申請書類読むと、この研究は社会の役に立ちます、ってみんな書いてくるんだよね。この研究は情報セキュリティに応用できるとか、あの研究は自動車の制御に応用できるとか。それも嘘じゃないんだろうけど。でも、本当の本当の理由は違うんでしょ。ただ、やりたいからやってるだけなんでしょ」

内心、熊沢はうなずいた。数学者の道を選んだのは、数学に歓《よろこ》びを見出《みいだ》しているからだ。社会のためとか何とか言っても、結局、楽しいから数学をやっているだけだ。きっと、研究者と呼ばれる人種には多かれ少なかれそういう側面がある。

「それじゃいけない？」

「いけなくないよ。でも、そのことは認めてほしい。科研費の書類に書く建前と、自分の本当の気持ちくらいちゃんと区別してほしい」

聡美は目をこすった。家事と育児に疲れたせいか、顔がやつれた気がする。

「もう寝るね。食器、流しに置いといて」

パジャマの背中が寝室に消えた。椀の底の冷えた豆腐をすすりこむ。

もう一時近い。すぐにシャワーを浴びて眠らなければ、朝がつらい。わかっていても、熊沢はまだ眠れる気分ではなかった。ついさっきまで検討していたせいか頭が冴《さ》えている。ダイニングの照明を消し、自室に移った。

四畳半の洋室は本棚とデスクでほとんど一杯だった。卓上のライトを点灯し、本棚から青いファイルを抜き取った。論文の別刷りを収めたファイルだ。熊沢が著者として名を連ねた論文はすべて記録してある。全部で三十篇《ぺん》あまり。

熊沢は最初のページに収められた論文を抜き取った。筆頭著者は瞭司で、熊沢は二番目。その後に佐那、小沼と続く。これが初めて熊沢の名前が載った論文であり、いまだに最も被引用回数が多い論文だった。群論の歴史をひもとく総説では、今でも必ずと言っていいほど引用されている。

瞭司と別の道に挑むことを決心した仕事。

内容は暗唱できるほど読み返した。大学に入学してから一年あまり、ほとんどこの研究にかかりきりだった。論文が受理された日のことは今でもはっきりと記憶している。五月下旬、爽《さわ》やかに晴れた日だった。

思い返すまでもなく、熊沢のそばには瞭司や佐那がいた。

4　狂気の証明

風が吹き抜け、Tシャツの裾《すそ》をはためかせた。

正午前の太陽は高い位置から熱を放射している。梅雨はまだはじまってもいないのに、気の早い夏が訪れようとしていた。

瞭司はアパートの階段を三階まで上がり、正面にある部屋のドアホンを迷いなく押した。反応はない。ドアノブを回して引いてみると、鍵《かぎ》はかかっていなかった。室内をのぞくと、部屋で熊沢が本を読んでいる。瞭司は勝手に靴を脱いで上がった。熊沢は振り向きもしない。

「いないかと思った。呼び鈴押したのに反応ないから」

「いつもそうだろ」

瞭司は慣れた手つきで冷蔵庫を開けた。いつ来ても、熊沢の家の冷蔵庫には作り置きの麦茶がある。水出しパックを入れるだけとは言え、瞭司には真似できないことだ。ビール会社の社名が入ったグラスに麦茶を注ぎ、一気に半分ほど飲んだ。

「俺の分も」

別のグラスに麦茶を入れて手渡し、フローリングにあぐらをかいた。熊沢は唇を濡《ぬ》らす程度に麦茶をすすった。

「お前、何日連続で俺んちの麦茶飲んでるの」

瞭司は少なくとも一週間は前から、欠かさずこのワンルームで麦茶を飲んでいる。それより以前のことは覚えていない。

「僕からも言いたいことあるんだけど」

「何だよ」

「冬場になったらほうじ茶にしてほしいんだけど。あったかいやつ」

「アホ。勝手に飲んでるやつが言うな」

熊沢はリモコンで冷房のスイッチを入れた。

「あっついな、今日。五月でこれなら、八月とかどんだけ暑いの」

東北出身の熊沢は暑さに弱い。昨年初めて東京の夏を経験し、すっかり夏バテを起こしていた。自腹でエアコンを買って部屋に設置した学生は、瞭司の数少ない知人のなかでは熊沢だけだった。

熊沢は座卓にのしかかるようにして本を読んでいる。瞭司は背後から熊沢の手元をのぞきこんだ。

開かれたページにはリーマン予想の解説が掲載されている。リーマン予想は最も重要な未解決問題のひとつとして、百数十年にわたって数学の世界に君臨している。この予想が解決すれば、その他の多くの問題も同時に解決されるといわれていた。

「次のテーマ、素数分布にしてみる？」

素数は、1とその数以外に約数がない正の整数のことである。瞭司は2、3、5、7、11、13……と素数を小さい順に暗唱した。227まで数えたところで暗唱は終わった。

「規則性はないなあ」

リーマン予想は素数の分布にかかわっている。順番に出現する素数には一定の規則性があるように見えながら、はっきりとそれが証明されたことはない。

素数という捉《とら》えどころのない数字はいつの時代も数学者を魅了し、絶望させてきた。リーマン予想に挑む数学者はプロアマ問わず無数に現れ、いくつもの証明が提示されてきたが、いまだに正しいと認められたものは存在しない。

「なあ、予想解決したら百万ドルもらえるんだって。一億円だよ。一億」

い、ち、お、く、と熊沢は一語ずつ区切って言った。

「そんな大金、誰がくれるの」

「さあ。外国の研究機関とか？」

内容に飽きたのか、熊沢は本を閉じて仰向《あおむ》けに寝転んだ。眼鏡のツルがかちゃりと音を立てる。

「読む?」

「読まない」

「あ、そう……なあ、俺らの論文っていつになったら受理されんのかね」

ムーンシャインの一般化に関する成果を投稿してから、三か月が経とうとしている。エディターから小沼の元に連絡が来るはずだが、まだ何の音沙汰《おとさた》もないという。熊沢は、初めて名前の入った論文が受理される日を待ちわびているようだ。

この一年は、瞭司にとって最も密度の濃い日々だった。毎日のように熊沢や佐那と顔を突き合わせては互いの進捗《しんちょく》を披露しあい、小会議室で意見をぶつけあった。はじめたばかりの頃は熊沢も佐那もムーンシャインどころかモンスター群すら知らなかったが、数学オリンピックの日本代表だけあって、勉強をはじめると吸収は早かった。

証明の骨格を瞭司が作りあげ、熊沢たちは論理の肉付けを担当した。時おり小沼が顔を出し、二、三アドバイスを与えてくれた。最初に証明が完成した日は興奮のあまり一睡もできなかった。ひとりきりで証明を書きあげるよりも、ずっと達成感があった。

東京に出てきたのは間違いではなかったのだ。

「わかんないよ。僕の論文なんか、受理まで一年半かかったし」

高校生の頃に書いた論文がようやく受理されたのは、大学二年へ進級する寸前の三月だった。査読者から何度も指摘が入り、そのたびに小沼と顔を突き合わせて対応を考えた。ただ、苦労に見合うだけの反響もあった。最近、小沼は同業者と顔を合わせるたびにその話をされるという。

熊沢は身体を起こして座卓に頬杖《ほおづえ》をつき、ため息を吐いた。

「ムーンシャインの一般化ってどれくらいすごいのかな。リーマン予想には負けるよな」

瞭司にはどちらのほうがすごいのか、よくわからなかった。未解決という意味ではどちらも同じだ。

「まあでも、実質的に仕事したの瞭司だもんな」

「そんなことないよ」

つい大きな声が出た。熊沢は振り向き、眼鏡を押しあげた。

「どうしたよ、急に」

「いや。だって本当にそうだから。僕だけじゃ、あの論文は書けない」

「俺たちは瞭司に言われた通りに調べた結果を書いただけだよ」

億劫《おっくう》そうに立ちあがり、熊沢はグラスを台所の流しに置いた。

「昼飯、行くか」

瞭司と熊沢はどこに行くとも相談せずに部屋を出た。熊沢との昼飯といえば、大学の学食かコンビニだ。話し合う必要もない。

キャンパスまでの道のりをだらだらと歩く。周辺を歩くのは学生らしき人影ばかりだった。ホッケーのスティックをかついだ女子。リクルートスーツに身を固めた先輩。どういうつながりかわからないが、道路の幅いっぱいに並んで歩く若者の集団。

「ガロアって二十歳で死んだんだよな」

熊沢のつぶやきの意味がわからず、瞭司は首をかしげた。

「俺らもう、二十歳だよ。ガロアは十代でガロア理論構築してたんだぞ」

「僕らはガロアじゃないよ」

「そうだけど、ちょっと憧《あこが》れるんだよな。短命って、いかにも天才って感じしない？」

瞭司は、熊沢が才能に対して過剰な憧れとコンプレックスを抱いていることを知っていた。みずからも数学の才能に恵まれていながら、より恵まれた人間に嫉妬《しっと》している。そしてその矛先が自分自身に向けられていることも、瞭司は承知していた。

行く手から突風が吹いた。向かい風に手をかざすと、指の間から熊沢の冷静な横顔が見えた。通行人がみな足を止めるなか、熊沢だけは髪を風になびかせながら歩いていた。

突風がやむと、唐突に熊沢は尋ねた。

「瞭司って、挫折《ざせつ》したことあるか」

「挫折って？」

「いやたとえば、どうしても解けない問題とか、ぶち当たったことないの」

「あるよ。いくらでもある。でも死ぬまでに解ければいいんだから、挫折じゃない。今解けなくても、死ぬまでに何回でもチャレンジすればいい。それに僕が解けなくても、他の誰かが解いてもいい。だからそもそも、問題を解くことに挫折はない」

顔の高さに蚊柱が浮いていた。熊沢は不愉快そうにそれを振り払う。図に乗っていたつもりはないが、瞭司の答えはプライドを刺激したようだった。

「テストで解けなかった問題とかないのか」

「テストなら、ないよ」

「本当に、たった一問もない？」

「ない」間髪を容《い》れず、瞭司は答えた。

「僕、テストって嫌いだけどね。テストの問題って答えがあるでしょ。答えがあるってことは、すでに誰かが解いてるってことだよね。他の誰かが解決済みの問題なのに僕が解く必要あるのかなっていつも思う」

熊沢は口をつぐんだ。今の返答がなぜ友人を不快にさせたのか、瞭司には理解できない。日頃考えていることを素直に話しただけだった。

「ごめん。何か変なこと言ったかな」

「ん？　いや、特に。ちょっと別のこと考えてた」

作り笑いの裏にあるものについて、暸司は考えないことにした。

熊沢は入学したばかりの頃、数学はやらないと言っていた。毎日顔を合わせる今も、その理由は知らない。佐那に聞いたこともあるが、彼女も知らないようだった。

ちょうど昼休みの時間に訪れたせいで、学食は人であふれかえっていた。二人とも人混みは大の苦手だ。購買部でパンと飲み物を買い、理学部棟へ向かった。

居室にはいつもの通り、田中と木下がたむろしていた。彼らの同級生たちは就職活動に忙しく大学から出払っていたが、博士課程への進学を希望するふたりは研究室で数学三昧《ざんまい》の日々を送っている。

パンをかじりながら読んだばかりのリーマン予想について話していると、小沼が居室に飛びこんできた。いつになく表情が緊張している。

「暸司、クマ」

つられるように二人は立ち上がり、はい、と揃った声で答えた。

「論文、受理されたぞ」

「本当ですか！」

叫んだのは熊沢だった。一方、瞭司には喜びよりも困惑のほうが大きかった。

「リバイスなしで？」

「一発アクセプトだ」

興奮した小沼の声と同期するように、田中もはしゃいでいた。

「すげえな、お前ら！」木下は拍手で祝福してくれる。

「斎藤にも連絡しないと」

熊沢はさっそく携帯電話で佐那の番号にかけていた。瞭司ひとりが、興奮の渦から取り残されている。

論文が掲載されることは嬉《うれ》しい。しかし、そこがゴールであるかのように喜ぶことには違和感があった。論文が雑誌に掲載されようがされまいが、瞭司たちが導いた結論は何ひとつ変わらない。数学者たちからの反響がほしいわけではない。瞭司が喜びを覚えるのは、真っ白な新雪に足を踏み入れるように、未解明の領域へ踏みこむ瞬間だけだった。

佐那への連絡を終えた熊沢はまだ笑っていた。

「瞭司」

「うん」

「ありがとう。瞭司がいなかったら俺、たぶんまだあのマンガ喫茶でバイトしてたよ」

そのひと言で胸に温かな火が灯《とも》った。そうか。そういうことか。

瞭司にとって、世間という知らない人間の集団に認められることはどうでもいい。こうして、身近な人が受け入れてくれることが重要だった。この場にいる誰もが自分を受け入れてくれている。そのことのほうが、論文の受理よりもずっと、瞭司に多幸感をもたらしていた。


家の背後に広がる森は、幼い瞭司にとって庭も同然だった。

集落の住人はわずかで、木造二階建ての一軒家は両隣と数十メートル離れていた。裏庭はそのまま森とつながっていて、縁側から少し歩けば深い樹々に取り囲まれる。森は延々と続き、やがて険しい崖《がけ》や谷に突き当たる。どこからどこまでが自宅の敷地なのか定かでなかったし、明らかにする必要もなかった。

深い森は幼い瞭司にとって唯一の遊び場だったが、どれだけ長い時間遊んでいても飽きることはなかった。気温や風、光の具合が変化するたび、森は異なる姿を披露する。他の遊び場は必要なかった。

瞭司は生い茂る樹々やそこに棲《す》む生き物の姿に心を奪われた。クヌギの葉に走る脈や、カナブンの節くれだった足、下草に隠れた石くれの模様。そのどれもが、誰かが巧妙にデザインしたかのように美しかった。森は広大な天然の美術館だった。

学校にその美しさを共有できる友人はいなかった。一度、家の裏の森を友人たちと探検したことがあった。瞭司は先頭に立ち、誰よりも積極的に森の奥へ突き進んだ。雑草を踏みならし、小川を越えて、気が付けば背後には誰もいなくなっていた。皆、飽きて勝手に解散してしまったのだ。

同級生は皆、集落の風景に飽き飽きしていた。一刻も早く都会に出たいと公言する者も多かった。

瞭司に都会への憧れはなかった。それよりも、森の美しさの奥に潜んでいるものの正体を突き止めることを望んだ。樹にも虫にも石にも、得体の知れない何かが宿っていることを本能的に察知していた。

時おり、森を散策していると遭遇することがあった。目の裏で火花が散るような感覚。同時に視界のすべてがうっすらと光りはじめる。それまでわからなかったことを理解した時にだけ得られる、あの爽快感《そうかい》。

生物学に今ひとつ興味をひかれなかったのは、生き物たちの種類が細かく分類されているせいだ。瞭司が知りたいのは、植物や動物や昆虫に共通する美しさだった。細分化することはその逆を行く。瞭司の探し求める〈得体の知れない何か〉は、生物学の言葉では表現することができなかった。

だから数学と出会った時の感動はひとしおだった。

きっかけは、歳の離れた兄の教科書だった。居間のテーブルに放置された教科書を何気なく開いたときの感動は、二十歳になっても忘れられない。学校ではまだ四則演算しか習っていなかったが、微分積分、行列、ベクトルといった概念は、一度読んだだけで自然と染みこんでいった。まるで旧知の友人であるかのように親しみを感じた。

これこそが、森に潜む〈得体の知れない何か〉を表現する言葉だと直感した。

マンガを読むように兄の教科書を読破し、みずから問題集を解くようになった。家族は一心不乱に数学の問題を解きはじめた瞭司に仰天した。算数は割合得意だったが、学校の成績が特別いいわけではなかったからだ。

しかし、誰かのつくった問題をいくら解いても、〈得体の知れない何か〉の正体は明らかにならなかった。その先にある、まだ見たことのない領域に触れたい。願いに突き動かされるように、瞭司は貪欲《どんよく》に知識を求めた。

中学に進んだ瞭司は公立図書館に通いはじめた。自転車で片道一時間の道のりを毎日のように往復し、分厚い専門書を借り出して独学で知識を身につけた。専門書を読むことは一向に苦にならない。同級生が雑誌を読むのと同じ感覚で、数式でつむがれた物語に夢中になった。ほしい本はリクエストすれば他の図書館から取り寄せてくれる。手元に置いておきたいと思う本もあったが、定価数千円の本を親にねだるのは気が引けた。代わりに、その内容を脳裏に焼きつけた。

学校の授業はまったく退屈なものになった。問題を見れば、答えは書いてあるに等しい。同級生がごく初歩的な代数や幾何の問題に手こずるのが心の底から不思議だった。

数学教師は暸司をたたえるどころか、異端視した。たまに職員室まで足を運んで質問をしても、誰も答えることができない。暸司の興味は普通の中学教師の手にはおえないものになっていた。プライドを傷つけられた教師のなかには、暸司を無視する者さえいた。

一度、試験後に呼び出されたことがあった。呼んだのは五十代の女性教師で、生活指導も担当していて、校則違反にはとりわけ厳しかった。

夕暮れ時の職員室で暸司は教師と二人きりで対面した。

「どうして途中式を書かないの」

室内に夕日が差し、教師の顔の半分を照らしていた。暸司は素直に答えた。

「わかるからです」

「わかるってどういうこと」

「途中式を書かなくてもわかるんです。問題を見れば答えはわかります」

「式を間違えてたらどうするの。答えも間違ってしまうでしょう」

「僕、答えを間違えたことありますか」

挑発するつもりはなかった。単に事実を確認しただけだった。しかしそのひと言が逆鱗《げきりん》に触れたらしく、教師は声色を変えた。

「間違えないからおかしいんでしょうが」

「何がおかしいんですか」

「あなた、証拠がないからって居直るつもり」

「証拠ってなんですか。僕が問題を解いたという証拠ですか」

教師はひと際声を高くした。

「カンニングは最悪、停学処分もありうるんですよ」

疑惑をかけられていることに、瞭司はようやく気付いた。反論する気にはなれなかった。証拠もなく疑念を抱いている相手には弁解のしようがない。瞭司は無言でうなだれてその場をやり過ごした。教師はその態度を反省と受け取ったのか、じきに解放した。以後、瞭司は数学の試験で必ず途中式を書くようになった。

同じ時期、校内の掲示で数学のコンテストがあると知ったが、出場する意欲は湧かなかった。コンテストも所詮《しょせん》は試験と同じだ。また不正の疑惑をかけられてはたまらない。

小学生までの友達とは、年を追うごとに疎遠になった。顔を合わせるたびに瞭司が数学の話をするせいだ。嫌味のつもりはなかった。ただ、自分が好きだと思うものを友達にも知ってもらいたかった。それなのに、数学というだけで誰もが顔をそむける。瞭司にも、普通の中学生より多少は数学のことを知っているという自覚はあった。だからできるだけわかりやすい話し方を選んだつもりだったが、反応は変わらなかった。

社会科見学の帰り道だった。バスのなかで、瞭司は家が近い男子に懸命に話しかけていた。何を話していたかは忘れてしまったが、相手の退屈そうな表情は覚えている。彼は長いこと沈黙していたが、ついにこう言った。

「面白くないんだよ」

瞭司は口をつぐんだ。

「お前といても、つまらない」

そう言って彼は目を閉じ、学校に到着するまで二度と目を開かなかった。それでも瞭司の頭に浮かぶのは、やはり数式だった。

それからは教室で話すことを諦《あきら》めた。自分の興味と同級生の興味の間には、絶望的に深い溝がある。退屈という名の溝を埋める術《すべ》を瞭司は持っていなかった。寂しいときは、数を友人に見立てた。数の世界では誰もが瞭司に好意を示してくれる。こうして、ますます数学にのめりこむことになった。

受験勉強は人並みにこなし、中くらいの偏差値の高校に進んだ。もはや学校には何も期待していない。数学者という職業につくにはどうすればいいのか、ということばかり考えるようになった。数学をやりながら金を稼ぐには、さしあたり大学の教員になるしかない。教員は瞭司がもっとも嫌いな職業だったが、他に手がないなら仕方がなかった。

高校に進学すると瞭司の才能はますます際立った。授業についていけなくなる生徒たちが相次ぐなか、試験で満点を取り続けた。物理の試験でもほぼ毎回、満点だった。友達は教室にはひとりもいなかったが、数の世界でならいくらでも遊ぶことができた。

孤独には慣れたが、時おり強烈な劣等感にさいなまれた。呼吸をするように友達をつくることのできる同級生たちが異星人に見え、そのただなかで孤立する自分が哀れだった。瞭司には空気や間と呼ばれるものがよく理解できない。臆病《おくびょう》だと思われるのも嫌だから、無理に話してまた傷つく。その繰り返しだった。

中学と違ったのは、瞭司の才能に気づいた教師がいたことだった。

その数学教師はかつて研究者を目指していた。博士課程を経てポスドクを経験したが、どこにも本採用されず、挫折して高校の教師になったのだった。彼は最初の試験で、瞭司がとてつもない才能の持ち主であると見抜いた。

この先生は違う、という直感は瞭司にもあった。数学者特有の、信仰に近いひたむきさをその教師は持っていた。本を読んでいてわからないことがあれば、ふたたび職員室を訪ねて質問するようになった。

大学図書館に行くことを勧めてくれたのもこの教師だった。英語さえ読めれば、収蔵された貴重な論文がいくらでも読める。瞭司は興味の赴くまま、英和辞典を片手に論文を読みはじめた。図書館のテーブルに夜までかじりつき、むさぼるように知識を吸収した。一年もしないうちに、瞭司は自分で検討するときも英語を使うようになった。そのほうが日本語よりもずっと速い。

教師はじきに瞭司の質問に答えられなくなった。数学コンテストへの出場を提案したが、瞭司は頑として出場を拒んだ。しかし教師は、とてつもない才能が埋もれてしまうことを忍びなく感じた。どうにかして瞭司の存在を世に知らしめたかった。

放課後、一目散に大学図書館へ行こうとする瞭司を教師は呼びとめた。

「三ツ矢に紹介したい人がいる」

「先生の知り合いですか」

瞭司はあどけない顔をまっすぐに向けた。

「大学の教授だよ」

教師には心当たりがあるようだった。

「小沼という名前だ」

瞭司は教えられた宛先に長大な手紙を書き送った。計算用紙五十枚に綴《つづ》られたのは、ムーンシャイン予想に対する別解だった。

ムーンシャイン予想は、群論と数論という一見異なる分野に架けられた橋のようなものだ。数学者たちが〈moonshine ＝狂気〉と言い表しただけあって、その奇妙な関係性は彼らの好奇心をそそった。予想はすでに証明されていたが、瞭司は新たにトポロジーと呼ばれる別手法での証明を編み出した。

瞭司は図書館で読んだ数学雑誌で、この予想と遭遇した。すぐに証明の掲載された論文を探し、そのアクロバティックな解法を楽しんだ。

証明を読み終わり、ふと誌面から目を上げた瞬間、もうひとつ解法があることに気付いた。

よく使われる喩《たと》えとして、トポロジーの世界では、ドーナツとコーヒーカップが〈穴のひとつ開いたもの〉という同値であるとして扱われる。瞭司の頭のなかでいくつもの幾何模様が姿形を変え、ある時ぴたりと一致した。思いつくまま計算用紙の上でペンを走らせ、何日かかったのか定かでないが、ある日唐突に証明はゴールに到達した。穴もいくつかあったが、あまり気にしなかった。

その証明を眺めてしばし達成感を味わい、勉強机の引き出しへ無造作にしまった。それは瞭司にとっては日常的な出来事だった。

小沼にムーンシャインの別解を書き送ったのは、それがたまたま検討済みの紙束の一番上にあったからだ。数学者に手紙を書くのならば、何らかの数学的知見を提供しなければ失礼にあたると思った。それが第一級の数学者しか理解できない内容であるとは考えもしないまま、瞭司は分厚い封筒を投函した。

小沼からの返信は一週間もしないうちに届いた。便箋《びんせん》一枚きりの手紙には、小沼の焦りを表すようにつんのめった文字が綴られていた。証明に対するいくつかのアドバイス。加えて、近日中にそちらへ訪問するから、ぜひ会ってほしい、とも書かれている。短い文面には動揺がにじんでいた。

約束通り、小沼は東京から四国までやってきた。JRのターミナル駅に現れた小沼は、例の教師と同じ年齢ながらいくらか若く見えた。麻のジャケットに細身のコットンパンツをはき、首元にはニットタイを締めていた。浮世離れした仙人のような人物を想像していた瞭司には意外な風貌《ふうぼう》だった。社交的で良識のある大人という感じがする。

自動改札の前で待っていた瞭司に近づくと、小沼はほほえみかけた。

「はじめまして。小沼です」

周囲には他にも人待ち顔の少年がいた。しかし初対面にもかかわらず、小沼は迷いなく瞭司に近づいてきた。

「僕のこと知ってたんですか」

「いいや。でも、何となくきみだとわかった」

不思議な人だ。しかし瞭司にとっては居心地のよい不思議さだった。

ふたりは連れ立って、駅前のカフェに入った。個人経営の狭い店は半分ほど席が埋まっている。奥まったソファ席に落ち着くなり、小沼が切り出した。

「感動したよ」

ムーンシャイン予想のことだとすぐにわかった。

「高校生があの問題を正確に理解しているだけでもすごいことなのに……不完全ではあるけれど、それでもあれは大学の研究者がやるような仕事だ。三ツ矢君がひとりで考えたの」

「はあ、まあ」

「今は何をやってるの」

「いろいろ。ムーンシャインの一般化とか」

「へえ！　進捗は？」

ふたりは注文したコーヒーを飲むのも忘れて会話に夢中になった。小沼と話していると、瞭司は自然にふるまうことができた。ありのままの自分でいても疎まれず、拒絶されない。日頃無意識に抑えつけている感覚を、包み隠さず差し出すことができた。瞭司の言葉が素直に届く初めての相手だった。そんな相手はこの世にひとりもいないと思っていたのに、今、確かに目の前にいる。話せば話すほど気分はたかぶった。

会話は三時間あまりも続いた。さすがに話し疲れたあたりで、次の予定があるから、と小沼は席を立った。名残り惜しかったが、引き止めるほどの勇気は瞭司にはない。会計を済ませながら小沼がさりげなく口にした。

「うちの大学に来ないか」

協和大学の名前には瞭司も聞き覚えがあった。理学部の有名な名門私立大学。存在は知っていても、故郷を離れて大学に通うことなど、一度も考えたことがなかった。

「高校在学中に一本、論文を投稿すれば特別推薦で入学できるだろう。まずは別解の証明をきっちりと完成させよう。進捗があったら、また連絡してほしい」

瞭司が戸惑っている間に、小沼は風のように去ってしまった。

上京など想像もしていなかったが、あの小沼という教授は信頼できそうだ。瞭司の言葉を理解してくれる数少ない人間だし、何より瞭司のことを拒絶しない。

論文。特別推薦。今までの生活には無縁だった言葉が、急に現実味を帯びてきた。

その日からムーンシャインの別解に集中した。どうすれば論文を書けるのかもわからないまま、証明の穴を埋めるため、がむしゃらにペンを走らせた。検討の経緯を記した紙束が溜《た》まると、まとめて小沼に送った。戻ってきたアドバイスを参考にふたたびペンを走らせる。その繰り返しが一年ほども続いた。

もう孤独ではなかった。自分には対等に話すことができる人がいる。そう思うだけで、黒い雲が割れて視界が開けるようだった。劣等感に襲われることもなくなった。

次第に論文は形になり、いつの間にか瞭司は故郷を発《た》っていた。あの広大な森から遠く離れた場所で、仲間とともに思う存分数学に打ちこむ日々を手に入れた。

不思議なのは、どれだけ深みに入りこんでも、いまだにあの森の美しさを表現する言葉が見つからないことだった。


居室の前を通りかかると、田中に呼びとめられた。

「よっ、二十一世紀のガロア！」

瞭司は最初それが自分のことだとわからず通り過ぎようとした。田中があわてて居室から飛び出してくる。

「お前だよ、お前。ガロア君」

「はい？」

田中の後ろから木下がのっそりと現れた。手には新聞を持っている。

「これ。この間、教授室でインタビュー受けてただろ」

渡された紙面には瞭司と小沼のツーショット写真が掲載されていた。Tシャツを着て口を半開きにしている瞭司は、とても二十歳に見えないほど幼い。写真の横には先日のインタビューで答えた内容が記されている。大半が小沼のコメントだ。話すのが苦手な瞭司に代わって、質問にはほとんど小沼が応対してくれた。

　田中が記事の一節を指さす。

「ここ見てみろ。群論において次々と画期的な成果を生み出す姿は、まさに〈二十一世紀のガロア〉と呼ぶにふさわしい……ほらな」

　インタビューを受けたのは三度目だった。それまでの二件は学会誌と数学専門誌だったから、まだ混み入った話もできた。しかし全国紙の記者は群論やモジュラー関数にはさして興味を示さず、瞭司のエピソードを集めることに腐心していた。宴会中も数学のことを考えていると話せば、やっぱり天才は違うんですねえ、と記者はことさら興味深そうに応じる。不快感を思い出して瞭司は鼻を鳴らした。

「そうですか」

「それだけかよ、反応。お前さ、やったことのすごさをもっと自覚したほうがいいぞ」

「僕ひとりで解決したわけじゃないですから」

「だとしても、メインで仕事したのは三ツ矢だろ。もっと誇りに思えよ」

　木下が口を挟む。「先生、呼んでたぞ。教授室にいるから」

　まだ絡みたりない様子の田中を置いて、瞭司は教授室に向かった。ちょうど室内から出てきた小沼と鉢合わせする。

「おお、いたいた。ちょっと今から一緒に来てくれるか」

る。


「どこに行くんですか」

「学部長のところ」

急《せ》かされるまま、瞭司は学部長のもとへ向かった。

理学部長は物理学科の教授が務めている。物理学科には専門書を借りるために何度か訪れたことがあったが、学部長と会うのは初めてだ。早足で歩く小沼の横顔に尋ねる。

「何の用事ですか」

「さっき急に呼び出された。だいたい察しはついてるけどな」

学部長の居室に到着すると、小沼は呼吸を整え、ノックしてからドアを開いた。恰幅《かっぷく》のいい男性が正面に座っていた。小沼よりふた回りほど年長に見える。

「小沼先生か。そっちが三ツ矢君？　悪いね急に。そこに掛けて」

頭はきれいに禿《は》げ、口を開閉するたびに白い顎《あご》ひげが上下に動く。小沼と瞭司は学部長と対面する形でソファに腰をおろした。

「さっき教授会があってね。今回は議題も議題だけにめずらしく出席率もよくて、学部長としてもこれだけ興味があるんだ、というね。感慨深いものがあった」

長々と前置きを話した後で、学部長は瞭司のほうに身を乗り出した。押入れの奥に長年しまっておいた礼服のような、こもった匂いが鼻先に漂った。

「きみは特別推薦生だったね」

「はい」

「特別推薦は才能のある学生を確保するための制度だ。ただ、なかなかうまくいかないものでね。高校まで輝かしい経歴を持っている学生でも、大学に入ると期待外れのことがよくあるんだよ。はっきり言えばほとんどがそうだ。しかし三ッ矢君は素晴らしい。大学二年ですでに論文が二本。しかも学会へのインパクトも大きい。最近はよくマスコミも来ているし。実は学長や副学長も、君には興味を持っているんだよ」

瞭司は横目で小沼をうかがった。身を固くして黙っている。

「そこで提案したいことがふたつ。きみには優秀学生として学長賞を授与したいということ。そしてもうひとつ。二年早いが、飛び級での卒業を認める」

飛び級卒業。そんな制度が協和大学にあるとは知らなかった。学部長はおもむろに一枚の書類を応接テーブルに載せた。何かの会議の議事録だった。

「海外では普通のことだが、日本の大学ではあまり例がない。三ッ矢君にはぜひ、協和大の飛び級卒業第一号になってほしいんだ。ただし協和大学の大学院に進学すること。それさえ守ってくれれば、二年での卒業を認めようということで学長も合意している。後は三ッ矢君の気持ち次第だ」

学部長の話す言葉は、瞭司の鼓膜の上っ面を滑るばかりだった。どうしてこっちが希望もしていないのに、飛び級卒業を許可されなければならないのか。心を占めるのは戸惑いばかりだった。

「困ります」

気づけば、瞭司は答えていた。

「僕の実家はそんなにお金がありません。だから、学費免除がなくなるのは困ります」

禿頭《とくとう》をなでながら、学部長は口の端をつりあげた。

「博士号を取得するまで学費免除は継続する。だからこの飛び級卒業は名誉なことなんだ。学部生の身分では、不自由なこともあるだろうからな」

不自由な思いをした記憶はない。瞭司の知らないところで、何事かが勝手に進行している感じがした。口を開こうとしない小沼が、急に他人のように思えた。瞭司は学部長の目を見据えて言った。「僕からもお願いがあるんですが」

「何かな」

「あの論文は僕だけで書いたんじゃありません。共同研究者の二人にも飛び級卒業を認めてくれませんか」

学部長は瞭司の目をのぞきこんで、首を横に振った。

「飛び級はひとりだけだ。それに論文の筆頭著者はきみだろう」

「それなら僕もお断りします」

瞭司、とすかさず言ったのは小沼だった。

「そんな簡単に決めるもんじゃない。学部長もこのために奔走してくださったんだ。考えてから返事しろ」

「でも、僕にはそんなことする理由がありません」

学部長の目が細められた。ソファから立ち上がると、腕組みをして瞭司を見下ろす。

「ちょっと急すぎたかな。まだ少し時間はあるから考えてみなさい。ただ、大学院入試の出願締め切りまでには答えがほしいな。頼むよ」

頼むよ、という言葉は瞭司ではなく小沼に向けられたようだった。

部屋を出て廊下を引き返している間、小沼はひと言も発しなかった。無精ひげの目立つ白い頬は、疲労のせいか艶《つや》を失っている。教授室へ戻ろうとする小沼に問いかけた。

「先生は知ってたんですか」

「……ちゃんと聞いたのは初めてだ」

薄々は知っていたということか。瞭司は捉えどころのない気味悪さを覚えた。

居室では田中や木下が待ちかまえていた。いつの間にか佐那も来ている。あいかわらず完璧《かんぺき》なメイクで、初夏になっても化粧崩れの気配すらない。

まっさきに田中が尋ねた。「学部長のところに行ってたんだろ。何の話だった？

取材？」

瞭司は学部長との会話の内容をかいつまんで説明した。飛び級卒業、という単語に佐那は興奮して手を叩《たた》く。

「えー、すごい！　飛び級なんてカッコいいじゃん！」

木下も身体をのけぞらせた。

「聞いたことないな。しかも二年で」

「でも迷ってて」

「迷う必要あるのか」

「だって、僕だけなんておかしい。それならクマも佐那も飛び級を認められないと不平等です。あの論文はみんなで書いたのに」

慌てた様子で佐那が両手を振った。ブラウスの裾がはためく。

「私は別に気にしないよ。だって誰が見たって、瞭司のほうが実力あるんだから」

「でも、なんで僕だけが」

「大学の広告塔だな」

田中は会話を断ち切るように、あっさりと言い放った。

「三ツ矢が飛び級卒業すること自体、ニュースになる。しかも論文が出てお前に注目が集まってるこのタイミングは絶好だ」

「そんなことが宣伝になるんですか」

「なるさ。自分の置かれてる立場、自覚したほうがいいぞ。お前が思っている以上に、みんなお前に注目してる」

徐々に早口になっている。田中の苛立《いらだ》ちが伝わってきた。

「どうしてですか。僕に注目するなんて、みんなよっぽど退屈なんですね」

長髪に覆われた田中の顔が赤く染まる。

「いい加減にしろよ。バカにしてんのか」

不快感を隠そうともせず、声を荒らげた。佐那が肩をすくめる。

室内が緊張と沈黙で満たされる。瞭司だけがその理由に気づけず、皆の顔を順番に見ていた。悪い、と口のなかでつぶやき、田中は居室を去った。長髪が垂れ下がる背中を見送った瞭司は木下に尋ねた。

「僕は田中さんに嫌われたんですか」

違う、と木下は答えた。大きな身体を窮屈そうに縮めている。

「田中も俺も、瞭司のことは好きだよ。いい後輩だと思ってる。でも瞭司の無邪気なところが、ときどき俺たちみたいな一般人には嫌味に聞こえるんだよ。あいつの言う通り、もう少し自分がどう見られてるか考えてみたらどうかな」

慣れ親しんだはずの学生居室に居場所がないような気がした。瞭司はひとり小会議室へ向かった。いつも一緒にたむろしている佐那もついてこない。

円卓に肘《ひじ》をついて、組んだ両腕に顔を埋《うず》めた。この微妙な違和感はなんだろう。普通の学生生活が遠ざかっていく気がした。まぶたを閉じて、目の前にちらつく光の跡をじっと見ていた。このまま眠ってしまいたかった。

誰かがドアを開ける音がする。顔をあげると、熊沢がいた。

「クマ。さっきね」

「木下さんに聞いたよ。飛び級卒業するか迷ってるんだろ」

瞭司の説明をさえぎり、熊沢はパイプ椅子に腰をおろした。眼鏡のレンズが蛍光灯の光を受け、氷のように冷たく輝いている。先ほどの田中と似た雰囲気を感じた。

「瞭司は十年後、何がしたい？」

十年後といえばもう三十歳になっている。

「数学ができれば、それでいいよ」

「真剣に考えろ」

嘘を言っているつもりはない。それが瞭司の本心だった。

熊沢は部屋の隅に置かれた段ボールを見やった。計算用紙の束であふれている。一年かけて、瞭司、熊沢、佐那の三人で何千枚もの紙を計算に費やした。

「部屋にこもって問題解いてるだけじゃ、誰も生活費なんかくれない。論文書いて学生の指導しないと、数学者としては認めてもらえない。実績が必要なんだ。飛び級卒業ってのは実績のひとつだろ。大学が優秀だって認めた証《あかし》だ。論文何本書いても足りないくらいだよ」

「でも普通に大学卒業したって、数学者にはなれる。僕は何かおかしな感じがするんだよ。だって僕が望んでないのに、どうしてそんな話が降ってくるの」

「……正直に言う」

熊沢の瞳《ひとみ》が揺れた。

「俺は瞭司がうらやましい。嫉妬してる。お前みたいな才能が手に入るんなら、なんだってする。その才能売ってくれるっていうんなら、百万でも一千万でも買う。一億だっていい。親に土下座してでも、借金してでも払う。寿命が十年や二十年、短くなったっていい」

ふたりの目の縁から涙があふれて落ちた。先に泣いたのがどちらか、瞭司にはわからなかった。

「瞭司は一流の数学者になる。そう決まってるんだよ。運命なんだ。わかってくれ」

運命など考えたことはない。瞭司はただ、美しさに導かれるまま生きてきただけだ。仲間とともに研究する日常を送りたいだけだ。

熊沢の目尻《じり》からは泉のように涙が湧き出ている。

「俺はこれから死ぬほど努力する。瞭司のアシスタントをしているだけじゃ、一生、嫉妬することになる。だから俺は自分だけのテーマを見つける。瞭司と同じようにはできないし、瞭司と肩を並べられるかどうかわからないけど。でも、どれだけ時間がかかっても、一人前の数学者になるから。だからお前は遠慮なく突っ走ってくれよ」

瞭司にはろうそくの火が見えていた。青白く、ひと際激しく燃える火。その火は永遠には続かない。ろうそくはいずれ尽きる。燃える勢いが激しいほど、尽きるのも早い。瞭司の目の前に差しだされた火は、さらに勢いを増そうとしていた。

5　数覚

解答用紙は真っ白だった。

問題文を何度読み返しても、見知らぬ言語で書かれたかのように意味が頭に入ってこない。両隣の少年たちはすらすらとペンを走らせている。この室内で自分だけが取り残されていた。秒針が時を刻む音がいやに大きく響き渡る。

焦りが募り、でたらめに解答用紙にペンを走らせるが、インクが切れているのか紙には線を引くことすらできない。予備のペンを手に取るがこちらも書くことができない。今度は鉛筆を握りなおすが、やはり紙には一本の線も残らない。おかしい。こんなことが起きるはずがない。誰かにはめられたのだ。

改めて左右を見まわすと、誰もが怪しく思えてくる。誰だ。敵はどいつだ。疑念にさいなまれている間も時は過ぎていく。足元から沼に引きずりこまれるような感覚。

走馬灯のように、短い半生の記憶がよぎる。

物心ついてからずっと、神童と呼ばれて育った。数学をやるために生まれたのだと本気で信じていた。いずれは歴史に名を残す数学者になれると真剣に思っていた。夢ではなく、確実にそうなる未来として。その神童が今、問題の意味すら把握できないまま試験時間を終えようとしている。

喉《のど》はからからに渇き、吐き気がこみあげてくる。視界がゆがんで転回し、同級生たちの笑い声が耳を覆う。あんな偉そうなこと言ってたくせに0点かよ。だっせえな。あいつから数学取ったら何も残らないよ。

そうだ。俺から数学を取ったら何も残らない。

衝動に駆られ、発作的に問題文が印刷された用紙を破る。何度も破る。紙片が雪のようにあたりに舞い散る。それを拾い集めてさらに細かく破る。何度も何度も繰り返す。文字のひとつひとつがバラバラに分散し、塵《ちり》になるまで細かい紙をちぎり続けた。

目覚めると、顔にじっとりと脂汗がにじんでいた。七月の夜は蒸し暑い。

視界に靄《もや》がかかっている。目をこすれば見慣れた小会議室の本棚が現れた。おかしな体勢で眠ったせいか、関節がところどころ痛む。眼鏡のツルが少しゆがんでいた。すでに終電の時刻は過ぎている。結婚してから、終電を逃したのは初めてだった。

携帯電話には聡美からの着信が残されている。かけ直すと最初のコールで聡美が出た。寝落ちした、と正直に話すと、聡美は安堵《あんど》の息を漏らした。

「すぐタクシー呼べば、いつもの時間に帰れるんじゃない」

「いや、今日は朝までいる。仕事片付けておくよ。明日休みだし」

聡美は何か言いたそうだったが、気をつけてね、とだけ言い残して通話は切れた。

冷蔵庫で冷やしていたアイスコーヒーを飲んだ。深夜の大学は静寂に支配されている。警備員の足音だけが時おり耳に届く。久しぶりの感覚だった。二十代までは徹夜で研究することもざらだったが、三十を超えると身体が追いつかなくなってきた。

大学教員になった今でも、熊沢はたびたびあの夢を見る。

日本代表として出場した国際数学オリンピックでかつてない屈辱を味わった。二日間にわたって出題された計六問のうち、一問もまともに解答することができなかったのだ。二十年近く経過した今なら、それが実力のせいではなく精神状態によるものだったと納得できる。日本代表という肩書きに舞いあがっていたのだ。しかし、当時は実力のなさを突きつけられたような気がしてひどく落ちこんだ。

結果発表までの三日間は地獄だった。観光やレクリエーションを楽しむ余裕はなく、ひと言も話さなかった。何を食べてどこに行ったか、いっさい記憶にない。ただ、コンテストが終了した解放感のせいか、佐那がしきりにはしゃいでいたことは覚えている。自覚はなかったが、当時から彼女のことは気になっていたのかもしれない。

佐那は銅メダルを授与された。当然ながら熊沢にメダルは与えられなかった。

帰国してから、熊沢は数学に触れることなく高校卒業までの時間を過ごした。協和大学の特別推薦入試を利用したのは筆記試験が必要なかったからだ。あんなに得意だった数学の試験は、熊沢にとって耐えがたい苦痛になっていた。

大学に入ってからは、どこか適当な学部に転部するつもりだった。できれば数学と縁遠い文系学部がいい。いいかげんに授業をやり過ごし、アルバイトにでも励もうと思っていた。そこに現れたのが瞭司だった。

やつはアルバイト先のマンガ喫茶にやってきて、数字と記号で埋めつくされた紙の束を置いていった。熊沢にはそれが数学の言葉だとすぐにわかった。意味はほとんどわからなかったけれど、強い磁力を感じた。試験の問題を解くこととはまるで性質が違った。ここに書いてあることの意味を知りたい、と切実に思った。

瞭司の思惑通り、熊沢は研究室に出向いた。そこに佐那が居合わせたのは偶然ではない。彼女もまた、瞭司が放つ強烈な磁力に引き寄せられたのだ。

瞭司は、自分の才能がある種の人間を引き付けることを知っていた。彼は無邪気な数学の妖精《ようせい》ではない。プライドも打算も持ち合わせた人間だ。そして人間であるばかりに、苦しむことになった。

回想に浸っている間にも始発は刻々と近づいてくる。すぐにでも検討を再開したいが、雑用も溜《た》まっている。先にメールを片付けておくことにした。

二杯目のコーヒーを飲みながら、パソコンと向き合う。大学の事務課、共同研究先、学会の事務局。退屈なメールの群れに、見知った教授の名前を見つけた。学会でたまに挨拶《あいさつ》する程度の仲で、用件もくだらないものだった。熊沢の目を引いたのは最後の一文だ。

――来年は熊沢先生が受賞できるよう、私も尽力します。

恩着せがましい物言いに舌打ちが出た。この一文を書きたいがためにメールを送ってきたような気がしてならない。

その教授とは春先の学会で顔を合わせた。懇親会で、熊沢がひとりになったタイミングを狙ったかのように声をかけてきた。

「春華賞《しゅんか》、残念だったね」

熊沢には発言の意味がわからなかった。

「何のことですか」

「あれ、知らなかったか」

相手はわざとらしく、グラスを持っていないほうの手を広い額に置いた。

「熊沢先生、春華賞の候補に挙がっていたよ」

春華賞は日本数学会から四十歳未満の数学者に贈られる賞であり、国内の賞では最も権威を持つもののひとつだ。若手が獲得できる最上の勲章である。

「日本では弦《げん》理論といえば熊沢先生というくらいなのに、名前が今まで挙がっていなかったのがむしろ不思議だ」

「私が、ですか」

数学者コミュニティで、熊沢は弦理論の専門家として認識されている。あえて暸司とは違う分野を選んだのだ。最初のきっかけはムーンシャインの一般化だった。あの仕事を通じて、同じ領域では絶対に暸司に敵《かな》わないと確信した。

二十も年上の教授はだらだらと話を続けた。

「来年こそは本命だと思いますよ。まあ、アメリカにいた頃の成果が主だから、それを気にしている先生もいるみたいだね。私はぜひ授賞すべきだと推したんだけど」

「先生、選考委員を務められたんですか」

相手は肯定も否定もせず、にやりと笑ってビールを飲んだ。

「その辺の事情は疎いんだね」

下品な笑みがよみがえる。春華賞をちらつかせて、厄介な頼み事でもするつもりなのか。バカバカしい。だいたい、ただのハッタリかもしれない。具体的なことは何ひとつ口にしていないのだから。

メールを削除しようとして手を止めた。数秒考えて、受信ボックスに残したまま次のメールに移った。

熊沢にも名誉欲はある。仮に例の教授が本当に選考委員のひとりなら、仲良くしておいて損はない。少なくともメールを削除するのは待ったほうがいい。みずからの俗っぽさに嫌気がさしたが、結局は春華賞への憧れが勝った。

プルビス理論の解明を試みたのも、元はと言えばコラッツ予想の証明が目的だった。証明に成功すれば、国内はおろか世界に名を知らしめることも夢ではない。功名心が原動力の一部であることは認めざるを得なかった。

もし瞭司が同じ状況に置かれたなら、余計なことに悩まず、気持ちの赴くまま問題と向き合っていただろう。熊沢にはどうしてもそれができない。

この数か月、本業の研究はまったく進んでいなかった。ただでさえ雑用に忙殺されているのに、プルビス理論と並行して別の研究を進めるのは無理がある。どちらもそんなに生易しいテーマではなかった。

今なら、国数研に移った小沼の気持ちがよくわかる。落ち着いた環境で研究に没頭できることがいかに幸せだったか、准教授になってからしみじみと感じていた。小沼には年齢への焦りもあった。教育者としてではなく、数学者としてもうひと花咲かせたいと考えていた。ただ、小沼の焦りが年齢のせいだけではないことも熊沢は知っていた。

初対面の小沼には、すでに数学者として半分降りているところがあった。才能を見《み》出《いだ》し、育てることが仕事だと割り切っていた。だからこそ、まだ高校生の暸司と文通を続け、論文執筆を助けた。

小沼の心にふたたび火がついたのは、暸司の飛び級卒業のあたりからだ。

要するに、小沼も三ツ矢暸司の才能に嫉妬《しっと》していたのだ。

熊沢には確信があった。直前まで暸司に飛び級卒業の話をしなかったことも、それなら納得できる。総説やコラムばかり書いていた小沼が、ふたたび本格的に論文を書きはじめたのはその翌年からだ。

改めて、暸司が皆の人生に与えた影響を思い知った。暸司がいなければ熊沢は数学者になっていなかった。佐那はもっと早く数学に見切りをつけていただろうし、小沼は協和大に残っていたかもしれない。

未読メールをすべて片付けたのは、パソコンに向かってから二時間も経ったころだった。熊沢はグラスにアイスコーヒーを注ぎ足し、小会議室に戻った。

部屋の中央のパイプ椅子に腰をおろし、首を回す。これまで肩こりとは縁がなかったが、最近ついに肩の張りを覚えるようになった。

円卓に広げられたノートに目を通す。円卓は熊沢が学生の間だけでも、三度買い替えた。暸司が計算用紙越しに何万回、何億回とボールペンの先端を叩《たた》きつけるせいで、天板に無数の溝ができてしまうせいだ。買って数日のうちに、丸い天板に真新しい溝が幾筋もできるのが常だった。

ノートの上の文字が躍っている。僕を見て、と瞭司が叫んでいる気がした。

熊沢は使命感と無力感の狭間《はざま》で押しつぶされる寸前だった。もはやひとりでは、このあまりにも巨大な置き土産を受け止めきれない。このままではいずれ自滅する。

ノートを公開するしかない。心中で決意が固まりつつあった。

通常、論文は専門家の査読を受けた後に公開される。しかしプレプリント・サーバと呼ばれるウェブサイトでは、査読を受けることなくスピーディに論文を公開することができる。熊沢は瞭司のノートをサーバにアップし、誰もがアクセス可能な状態にするつもりだった。三ツ矢瞭司のネームバリューはまだ生きているはずだ。瞭司の書いたコラッツ予想の証明なら、世界中の数学者が躍起になって解読しようとするだろう。解決のためにはそれしか手はないように思えた。

この大学ノートはいわば、長い時間をかけて書かれた瞭司の遺書だ。その遺書を公開することには躊躇《ちゅうちょ》もある。しかし研究室の片隅で埃《ほこり》をかぶっているよりは、ずっとましに思えた。

ごめんな瞭司。お前の遺書、俺には読めなかったよ。

音のない深更《しんこう》の研究室で、熊沢は祈るように両手を組んだ。謝れば許されるとは思っていない。むしろ後悔が深まるばかりだった。なぜあんな別れ方をしたのか。三十歳の冬のことを思い出すと、熊沢は身もすくむような後悔にとらわれる。

熊沢はアメリカで瞭司の死を知った。渡米後の成果をまとめるのに必死だった。執筆中の論文をかかえていたため、すぐに大学を離れることはできなかった。

ようやく一時帰国したのは瞭司が亡くなった翌月だ。熊沢は四国にある瞭司の実家を訪ねた。東京から飛行機とバスを乗り継いで五時間。平坦《へいたん》な道をひたすら歩いてたどりついたのは、深い森を背にして建つ木造の二階屋だった。

仏間は裏庭に面していた。庭は森と境目なく続いている。都会の公園にはない濃密な緑色。手が加えられていない分、何が潜んでいるかわからない得体の知れなさがあった。

遺影の瞭司はずいぶん若かった。学生の頃に撮った写真らしい。線香を上げ、手を合わせている間は何も考えられなかった。

「こんな辺鄙《へんぴ》な場所まですいません」

瞭司の母親は恐縮しながらお茶を出してくれた。父親は外出中だった。兄はとうに家を出て、遠方で暮らしているという。

「熊沢さんのことはよく瞭司から聞いていました」

「なんて言ってましたか」

「とても頭のいい友達がいる、と。自分の感覚を共有できる仲間だと言っていました。

小沼先生や斎藤さんにもよくしてもらったみたいで。葬儀に来ていただいた時に色々とうかがいました」

母親は憔悴《しょうすい》のにじんだ表情で語った。

「平賀《ひらが》先生は来ていなかったんですか」

「……ああ、いらしてましたね。私は話していませんけど」

それ以上は尋ねなかった。彼女にとって話して楽しい相手ではないだろう。

熊沢は、瞭司の母が息子の最期について説明してくれるのを黙って聞いた。

部屋の隅に段ボールの箱が積みあげられていた。本棚、とマジックペンで表に書いてある。のぞきこむと、専門書や計算用紙の束がぎっしり詰めこまれている。その隅に見覚えのない大学ノートが挟まっていた。いやに分厚いせいか、妙に目につく。

「瞭司の部屋にあったんです」

了解を取ってからノートを開くと、そこには数式と記号の海が広がっていた。どのページを開いても、懐かしい瞭司の筆跡で満たされている。最後に会った日の記憶が鮮明によみがえった。

「よかったらコピーを取らせてもらえませんか」

熊沢が言うと、瞭司の母は小さく笑った。

「差し上げます。持って行ってください」

「いいんですか」

「どうせ私らには読めませんし。意味がわかる人に読んでもらったほうがいい。瞭司の思い出なら他にもたくさんありますから」

森のにおいをまとったノートを、熊沢はアメリカへ持ち帰った。そこに書き残された数式の意味を解読し、かつて瞭司が見た景色を再現することが、せめてもの弔いだと思っていた。

それにもかかわらず、熊沢は六年もの間ノートを放置した。弦理論の分野で頭角を現しはじめた熊沢は研究に忙殺され、ボスの意向もあって、立て続けに論文を発表した。熊沢の名は米国内の数学者コミュニティに広まり、若手の有望株として注目を集めた。研究と交流に忙しい毎日を送る熊沢に、旧友のノートを振り返る余裕はなかった。帰国してからも日本のコミュニティになかなかなじめず、彼らに実力を認めさせるため躍起になって論文を書き続けた。聡美との結婚や出産でプライベートも忙しかった。

すべては言い訳に過ぎない。要するに、熊沢は目の前の現実を優先した。それは普通の人間である熊沢にとって当たり前のことだった。

瞭司が同じ状況なら、どうしただろう。考えるまでもない。瞭司は数理の世界の住人だ。くだらない現実に惑わされることなく、〈見える〉ものを追いかける。熊沢には見えないものが、彼の視界にははっきりと映る。

日本人で初めてフィールズ賞を受賞した数学者、小平邦彦《こだいらくにひこ》は随筆でこう書いている。

――数学が分かるとは、その数学的現象を『見る』ことである。『見る』とは或る種の感覚によって知覚することであり、私はこれを数覚と呼ぶ。

数覚について教えてくれたのは瞭司だった。熊沢がこの随筆を読んだのは、彼が亡くなった後だ。

瞭司ほど数覚に恵まれた人間を、熊沢は他に知らない。彼はこの世ではなく、数理の世界に生きていた。それなのに、熊沢には表層しか見えていなかった。奥底にたぎるマグマのような感情のうねりに、最後まで気づくことができなかった。

墨のような空の色が濃紺へ変わり、徐々に明度を高めていく。始発の時刻が近づいていた。結局、プルビス理論のほうはこのひと晩で何の進捗《しんちょく》もなかった。

身支度を整えた熊沢は、理学部棟を出て夜明けのキャンパスへ足を踏み出した。

濃青色の空にいびつな雲が浮かんでいる。吹く風に緑の木々が揺れる。世界のすべ《すべ》てはフラクタルで語られる、と瞭司は言った。それが真実かどうか確かめる術を、熊沢は持っていない。

6　燃えあがる船

　夜明けのキャンパスでは何もかもが輝いていた。瞭司は全速力で走りながら、視界を流れていく光を目で追った。腕を振るたびバックパックが背中を叩《たた》く。すぐにでも叫びだしたい興奮を抑えて、正門から公道へ飛び出した。傍《はた》からは、学校への道のりを走る中学生にしか見えないだろう。

　とうとう見つけた。ついに、この世界を語る言葉を発見した。

　胸のうちで何度も雄叫《おたけ》びをあげながら、スーツを着た勤め人や制服の高校生を追い越し、瞭司は一目散に熊沢のアパートを目指した。

　ドアホンを続けて二度、押す。足りないような気がしてもう一度押した。待っているとドアが開き、寝ぼけ眼の熊沢が顔を出した。以前は早朝に押しかけると必ず「何時だと思ってんだ」などと小言を言われたが、最近ではもう何も言われない。

「合い鍵《かぎ》作ったほうがいいかもな」

　ぼやきながら、半ズボン姿の熊沢は座布団に座りなおした。後頭部では派手に寝ぐせがはね、頬には枕カバーの跡がついている。瞭司は勝手に冷蔵庫を開け、グラスに麦茶を注いで熊沢に差しだした。ワンルームには実家から送られてきたブドウの香りが漂っている。

「それにしても早すぎない？　また徹夜したのか」

「昨日、昼に寝ちゃったから」

「まだ六時だぞ」

「一限がはじまる前に話したいんだ」

「今日は二限からなの。あー、つらい。昨日二時まで起きてたんだって」

熊沢は指で眼鏡を押し上げて目をこすっている。本や書類で雑然とした座卓の上に、清書した書類が置いてあった。

「教職のレポート。見るなよ、恥ずかしいから」

グラスを干すと、ようやく熊沢の顔に生気が宿った。「今日は何？」

「フラクタルだよ。世界は全部、それで語られる」

「フラクタルって……聞いたことはあるけど。岩澤理論とは関係ないんだろう」

ムーンシャインの一般化に成功して以降、熊沢と佐那は小沼研究室のメインテーマである岩澤理論を研究している。

「お前もう院生なんだからさ、同期とはいえ、学部生に意見求めるのやめろよ。田中さんとか木下さんに相談しろって」

「最初にクマと話したいんだよ」

熊沢は少し笑った。空のグラスをフローリングに直《じか》に置く。

「それで？」

フラクタルは〈自己相似〉ともいわれる。自己相似な図形では、一部が全体と同じ形であり、どれだけ拡大しても同じ構造が出現する。たとえば、シダの葉を拡大して見れば、細部も葉全体と同じ形をした小さい葉で構成されている。さらに拡大して見れば、その小さい葉もより微小な葉で構成され、その微小な葉もまた極小の葉で構成される。

無限に続く同じ図形。それがフラクタルだ。

自然界に存在するものはたいてい複雑な構造を持つ。遠い山の稜線も、夏空の入道雲も、天から降る稲妻も、複雑に入り組んだ形であり、自己相似な構造を持っている。

これこそがこの世のすべてを語る言葉だと、瞭司は確信していた。

「自然界を語るために最適な言葉は、フラクタルだったんだ」

熊沢は台所からもってきたブドウを皮のついたまま数粒口に放りこんだ。

「急にどうしたんだよ。今までそんなこと言ってなかったのに」

「見てよ。バーニングシップ・フラクタルっていうんだ」

瞭司はバックパックから論文を取り出し、図を指さした。描かれているモノクロの図形はその名の通り、燃えあがる船に似ている。舳先《へさき》をこちらに向けた船の甲板には、塔のような火柱が幾本も立っていた。

「これがどうかしたか」

「きれいだと思わないの」

「思うけど。きれいな図形だとは思う」

「この図形はマンデルブロ集合と式がそっくりなんだよ」

瞭司はもう一編の論文を突き出した。今度は〈マンデルブロ集合〉と名付けられた図を指す。大小の円が連なった模様は、バーニングシップ・フラクタルとは似ても似つかない。

「二つの図形の違いは、実数部と虚数部が絶対値になっているかどうかだけ。でも導かれる構造はこんなに違う」

瞭司は歌うように言った。

「自然界でも同じようなことが起こってるかもしれないんだよ。雲を表す式を応用すれば、波になるかもしれない。雪を表す式を変形すれば、森になるかもしれない。ひとつの基本式からすべてが導かれるかもしれない。ああ、なんで今まで気づかなかったんだろう」

学部生のころに読んだ本の内容を思い出す。リーマン予想について書かれた文章に、素数の分布にはフラクタル性があると記されていた。このテーマはいずれ、整数論にまで広がるかもしれない。

「落ちつけよ」

「僕はこれからフラクタルをやる。決めたんだ」

「今やってる研究はどうするんだよ」

「並行して、やる」

熊沢は呆《あき》れつつも、「本当にやりそうだな」と言った。

空腹を覚えたふたりは家を出て、最近できたチェーンの牛丼屋で朝食を済ませた。学食と変わらない値段で牛肉が食べられるのは、貧乏学生にはありがたい。食事を済ませた後はそのまま大学へ行き、研究室で時間をつぶすことにした。

瞭司は飛び級卒業で大学院に入学し、修士課程に在籍している。熊沢や佐那は順調に三年へ進級し、第一希望の小沼研究室へ配属された。三人は名実ともに小沼の研究室の学生となっていたが、狭苦しい学生居室には三人分のデスクを置く空間がないため、いまだに小会議室にたむろしている。

田中や木下はまだ来ていない。小会議室をのぞくと、佐那が円卓に頬杖《ほおづえ》をついて本を読んでいた。ショートカットの髪が小ぶりな顔の輪郭を際立たせている。最近短くしたばかりだ。振り向くと、毛先が繊細なモビールのように揺れた。「おはよう」

「いつもこんな早いっけ？」

熊沢が何気ない調子で尋ねた。

「あたし今日一限あるから」

「マジ？　教職、一限からだっけ」

「違う。工学部の選択科目。興味あるから取ってるだけ」

「何取ってんの」

「情報処理概論」

「興味なし」

熊沢はパイプ椅子にどっかりと座って携帯電話をいじりはじめたが、瞭司は好奇心をみなぎらせて身を乗り出した。

「面白そうだなあ。僕も聴きに行こうかな」

「もしかして、画像の符号化とかニューラルネットワークとか興味ある？」

瞭司は考えこんだ末に「あんまりないかも」とつぶやいた。

「だよね」佐那は苦笑した。

その時、佐那の頬にそばかすが浮いていることに瞭司は気づいた。濃かった化粧がいくらか薄くなっているような気がする。

　瞭司は改めて佐那を観察した。入学からずっと明るい茶色に染めていた髪も、いつの間にか黒くなっている。いつからだろう。先週か、先月か。半年前のような気もする。女性の外見について考えたのはこれが初めてだった。

「ねえ。クマと瞭司ってさ、もしかして付き合ってる？」

「アホか」熊沢は一蹴《いっしゅう》したが、佐那はにやにや笑っている。

「だって二人とも全然彼女できる気配ないし、いっつも一緒にいるから」

「こいつが朝から押しかけてくるんだよ。ほら、佐那にもフラクタルの話してやれよ」

　瞭司はふたたび美しく燃える船を披露しようとしたが、佐那は申し訳なさそうにそれをさえぎった。

「ごめん、もう行かないと。あとクマ、めっちゃ寝ぐせついてるよ」

　最初に言えよ、とぼやきながら熊沢はどこか嬉《うれ》しそうだった。他人の感情に疎いことを自覚している瞭司でも、それはわかった。佐那と一緒に部屋を出た熊沢は、トイレで寝ぐせを押しつけて戻ってくるとさりげない風を装って言った。

「佐那、男できたのかな」

「なんで」

「化粧の感じ変わったんだよ。薄くなった」

「僕も何となく感じた」

「絶対そうだって。瞭司、今度聞いてみろよ」

「クマが気づいたんだから、クマが聞きなよ」

「お前の方が教習所でよく会うだろ」

「あっちはとっくに卒業してるよ」

　瞭司は佐那に誘われ、三か月前から自動車教習所に通っていた。その教習所は友人と一緒に入学すれば割引きになるのが売りで、たいていの学生は友人を誘っていた。熊沢も佐那に誘われたが、入学早々に免許を取ってしまっていた。瞭司は親から再三勧められ、気が進まないものの教習所に通っている。

　自分で予想していた通り、瞭司には運転センスが皆無だった。瞭司にとって自動車の運転は苦行でしかない。佐那は一か月前にあっさり免許を取ったが、彼女がまだ教習所に通っていた頃はたびたびロビーで顔を合わせていた。

「あ」ふいに瞭司が口を開いた。

「何だよ。どうした」

「思い出した。別にたいしたことじゃないんだけど」

「いやいや、教えろよ。何か知ってるのか」

「知ってるっていうか、見たんだよ」

　わずかに沈黙を置いてから、熊沢は尋ねた。「誰を」

「佐那の付き合ってる人」

とたんに熊沢はうなだれ、つむじを見せたまましばらく動かなかった。

佐那の恋人と遭遇したのは教習所のバス停だった。教習所と最寄り駅を往復するシャトルバスが出ていて、常に教習所に通う学生たちがけだるそうに停留所で時間をつぶしている。いつものように教官からさんざん叱責《しっせき》された瞭司は、疲れた身体をプラスチックのベンチに預けていた。空いていた隣のベンチに誰かが腰をおろした。

「おつかれさま」

見ると、佐那が座っていた。見知らぬ男と一緒にいる。何となく会釈をしながら、瞭司は男のほうに視線を向けた。背の高い一重の男で、佐那よりもいくつか年上に見えた。顔は小さく、デニムのジャケットをすっきりと着こなし、初対面の瞭司にも愛想よくほほえんでみせた。

「三ツ矢君」

いつもなら瞭司と呼ぶはずだったが、この時は違った。

「この人、彼氏なんだ。サークルの先輩」

へえ、と言ったきり言葉が続かなかった。関心がないわけではないが、友人の恋人と会った時にどう対応するのが正しいのかわからなかった。とりあえず瞭司は佐那の恋人と互いに名乗りあったが、相手の名前はすぐに忘れてしまった。

熊沢はうなだれたまま、地の底から響くような低い声で言った。

「いつから付き合ってんのかな」

「知らない。クマも教習所行ってみたら」

瞭司の軽口に返ってくる言葉はない。


斎藤佐那は自分に素直な女性だった。

何かに固執することがなく、感性のおもむくままに動く。数学に触れたくなれば研究室を訪れ、他のことに興味がひかれればそちらへ顔を突っこんでみる。熊沢にただようある種の悲壮感は、彼女には無縁だった。あたしは数学で食べていくかどうかわからない、というのが佐那の口癖だった。

三人で議論をしていると、それぞれの性格がよく表れる。

たいてい、問題提起をするのは瞭司だった。それに対して最初に意見するのが佐那で、彼女はその場で感じたままを口にする。一方、熊沢は瞭司にいくつか質問を投げかけ、周辺情報を集めたうえで自説を述べる。佐那がまたそれについて何かコメントをする。それをきっかけに瞭司や熊沢が意見を述べ、徐々に瞭司が提起した問題が共有されていく。

佐那の存在は議論を活性化させる触媒であり、ヒントを与える羅針盤だった。

瞭司は数学者としても友人としても、佐那を信頼していた。だから熊沢が佐那に対して特別な感情を抱いたことには、内心戸惑った。その感情が原因で仲違《なかたが》いするようなことがあれば、三人での時間を失うことになる。だから佐那に恋人ができたことは、ある意味では喜ばしい。

熊沢には言っていないが、瞭司は佐那とふたりで星を見に行ったことがある。

晴れた真夏の深夜だった。瞭司がひとり研究室に残って検討を続けていると、ふらりと現れたのが佐那だった。いきなり小会議室のドアが開き、黒髪の佐那が顔を出したのだ。すでに午後十一時を回っていた。

「みんな、帰っちゃった？」

突然声をかけられて慌てる瞭司に構わず、佐那は部屋へ入ってきた。

「今から暇ある？」

「どうしたの」

「これから星見に行くんだけど。一緒に行く？」

そう誘われて、どうして即座に行こうと思ったのか、瞭司にはうまく説明できない。ただ、楽しそうだと思った。どこに行くか、いつ頃帰ってこられるのか、何もわからないまま瞭司は佐那の誘いに乗ることを決めた。

佐那は学部棟の駐車場に車を停めていた。

「車、どうしたの」

「急に星見たくなって、レンタカー借りてきた。免許取ってから運転するの初めてだったから緊張したよ」

後部座席には小さいショルダーバッグがひとつ置いてあるだけだった。

「望遠鏡は？」

「持ってない。あたし望遠鏡で見るより、肉眼で見るほうが好きだから」

佐那は一年生から天文サークルに入っている。理系学部を売りにする大学だけあって、天文サークルも本格的だった。メンバーが各自で天体望遠鏡を持ち寄り、週末を使って夜通し星を観察する。そんな話を佐那から何度も聞いていたから、てっきり望遠鏡を持っているのだと思った。

佐那がハンドルを握り、瞭司は助手席に座った。冷房を入れるとカビ臭さがほのかに漂う。オートマの自動車は静かに滑り出し、公道に出てからも順調に走り続けた。郊外の道路は思いのほか空《す》いている。

「一緒に行く相手が僕でいいの」

佐那はフロントガラスを見つめたまま答えた。「どうして」

「サークルの人じゃなくていいの。僕、星とか全然詳しくないよ」

「もちろん。そのほうがいいくらい」

対向車のヘッドライトを浴びて、佐那の頬は青白く輝いていた。

「疲れるんだよね。みんな色々知ってるから。ただ星見て綺麗だね、でいいのに」

佐那の横顔は真剣だった。運転に集中していたせいかもしれない。

二年前に会った頃と比べて、見た目の印象は変わった。化粧は薄くなり、服装の雰囲気も違っている。しかし彼女の底に沈んでいる孤高な部分は何ひとつ変わっていない。

車はじきに、人気の少ない住宅街へ入りこんでいった。誰も歩いていない窓の外は暗く、時おり街灯がぼんやりと浮かびあがる。暸司はガラス窓に顔を寄せて、流れる夜の家々を眺めていた。水槽に閉じこめられた魚の気分だった。

車が行きついたのは広大な公園だった。

「免許取り立ての運転、なかなかスリルあったでしょ」

佐那はレンタカーを入口の近くに停めた。他にも数台の車があり、暸司たちの他にも公園の訪問者がいることを示していた。冷房の効いた車内を出ると、肌が湿気の膜に覆われた。

順路通りに公園を進むと右手に大きな池が現れ、左手には草むらが広がっていた。そこここにいる先客が、均等に距離をとって空を見上げている。望遠鏡をのぞいている家族連れや、ひとりで寝転んで空を見つめているスーツの男がいた。頭上には光る砂粒をばらまいたように星がきらめいている。

「こんな場所よく知ってたね」

「そこは一応、天文サークルだから」

ふたりは先客たちの隙間に陣取り、草むらの上に直に腰をおろした。

「ビニールシートくらい持って来ればよかったね」

佐那はジーンズの足であぐらをかいた。瞭司が足を伸ばすと、下草の夜露が太ももの裏をじっとりと濡《ぬ》らす。後ろに手をついて空を見た。限りなく黒に近い紺色を背景に、星が瞬いている。ひとつひとつが呼吸をしているようだった。こんなに星を見ることに集中したのは、故郷を離れてから初めてだった。

夜空の濃淡に、広葉樹の黒々としたシルエットが浮かびあがっている。数百の人間が一斉に手を挙げているようだ。怖いとは思わなかった。彼らは襲うために手を挙げているのではない。皆、瞭司を守るために手をかざし、包みこんでくれているのだ。

星を見ている間、佐那はひと言も発しなかった。彼女の身体からは誰も近づけないほどの孤独が発散されていた。どれだけ多くの友人に囲まれていても、どこかで他人を拒絶する線を引いている。きっと恋人でも家族でも踏みこむことのできない領域が佐那にはある。その領域に静かに浸るため、こうして夜空を見上げているのだ。網膜に映るのは星空だが、佐那の心が見ているのは彼女自身だった。

一時間ほどすると、佐那は唐突に言った。「帰ろうか」

瞭司は夜明けまででも見ていたかったが、帰る手段がなくなるのでおとなしく従った。

帰路、佐那は瞭司を大学まで送った。また明日、と手を振る佐那からは、もう孤独は発散されていなかった。

ふたりは同じ場所で同じ夜空を見たが、心に残ったのは異なる風景だった。

瞭司はすでに、佐那がいつか数学の世界から離れていくことを直感していた。


斜面をのぼっている間も、田中のおしゃべりはやまない。汗水流して引いているキャリーバッグは二泊三日の荷物とは思えないほど巨大だった。

「そんで、その母親も最初は喜んでたのよ。大学院の、しかもマスターの方に家庭教師してもらえるなんて光栄です、とか言って。すげえ愛想よかったの。おい、瞭司聞いてるか」

「マスターですよね」

「そう。でも話してるとなんか嚙《か》み合わないんだよな。よくよく聞くと、実はその母親、ドクターの後にマスターがあると思ってたんだよ。マスターっていうとすべてを極めてる、みたいなイメージがあったらしくて。いやいやそれは逆ですよ、修士課程の後に博士課程があるんですよ、って説明したらもう急に不機嫌になって。騙《だま》すなんてひどいじゃないですか、とか言い出して。もう勘弁してよって」

勘弁してほしいのは暸司のほうだった。東京を出発して伊豆高原《いずこうげん》に到着するまで、二時間も田中のおしゃべりに付き合っている。新幹線に乗っている間はまだよかったが、さすがに飽きてきた。それに、相槌《あいづち》を打っている間は数学のことを考えられない。これが三日も続くとさすがにつらい。

「田中、はしゃぎすぎ」

うんざりしたのか、前を歩いていた木下が振り向いて諭した。しかし田中は興奮した様子でまくしたてる。

「合宿の時くらい、はしゃいでも許してくれよ」

「暸司がげっそりしてるぞ」

「え、そう？　面白くなかった？　別の話にしようか」

新幹線で同じボックス席に座っていた熊沢は、いつの間にか離脱している。小沼と何事か話しこみ、すぐそばを歩いている佐那には視線を向けようともしない。佐那は佐那で、女性の先輩と声高に雑談をしている。旅装の研究室メンバーたちは、どこか浮き足立っていた。

小沼研究室恒例の夏の合宿は、毎年、伊豆高原で開かれる。二泊三日で、研究室のメンバー全員が研究テーマの中間報告をする。瞭司たちが参加するのは初めてだった。昨年までは正式に研究室に所属していないという理由から遠慮していたが、今年からは胸を張って参加できる。

研修センターに到着すると、幹事の木下がロビーで部屋の鍵を配った。瞭司は熊沢とふたりの相部屋だった。鍵を渡しながら木下は小声で言う。

「田中は瞭司たちのこと大好きだからさ。許してやって」

二泊三日の間、研修センターは貸し切りだった。二階建ての宿舎の周囲には森と山が広がるばかりで、コンビニもない。二階の部屋は八畳より少し小さいくらいで、ベッドふたつとデスクひと組、クローゼットひとつがあるだけの簡素な部屋だった。一泊三千円なのだから贅沢《ぜいたく》はいえない。荷物を置き、瞭司はすぐにベッドへ寝転んだ。熊沢が窓を開けた。生い茂る木々の間、遠くに民家が見える。鳥の鳴き声が聞こえた。

「思った以上に何もないな」

つぶやいて、熊沢はもうひとつのベッドに腰をおろす。「準備してきたか」

「何の?」

「中間報告」

「もちろん。クマは準備してないの」

学生たちは皆、この中間報告のために一週間以上前から準備をしていた。今日は昼食後に修士二年以上の学生が、明日は修士一年以下の学生が発表する。

「終わらなかった。夜にまたやる」

熊沢らしくなかった。生活態度はともかく、研究に関しては几帳面《きちょうめん》な性格の熊沢が、発表前日になっても準備が終わっていないのは珍しい。

窓の外から女性の嬌声《きょうせい》が聞こえる。佐那の声だとすぐにわかった。熊沢は振り向きもせず、旅行カバンを整理していた。分厚い専門書がベッドに積みあげられる。

瞭司は誰かに恋心を抱いたことがなかった。きれいな女性を見てときめくような感覚は、何となくわかる。しかし特定の人に固執する感情を持ったことはなかった。誰かに恋い焦がれたことも、恋人を欲しいと思ったこともない。だから佐那に恋人がいることで熊沢が距離を置く理由も、本当のところはよくわかっていなかった。

食堂での昼食が終わるとすぐに報告がはじまる。学生たちはセミナー室に集合した。コの字型にテーブルが並べられ、発表者は全員に囲まれるような配置で話す。

最初に小沼が登壇し、簡単な説明をした。各人が紙の資料のほかにホワイトボードを使って検討内容を十五分で発表し、その後は小沼の気が済むまで質疑応答が続く。学部生や修士の学生は計三十分ほどで終わるが、博士の学生は一時間以上かかることもざらにある。昨年は二時間かかった先輩もいて、夕食の時刻が三時間も遅れた、という田中のぼやきを瞭司は何度も耳にしていた。

小沼は最初の学生に演壇を譲るのかと思いきや、そのままマーカーを手に取った。

「じゃあ今回も俺から。後は学年の順番に」

瞭司は隣に座る木下に小声で尋ねた。

「先生も発表するんですか」

「毎年そうだよ。あの人は手を動かすのが好きだから。論文は書かなくても、合宿での発表は毎年やってる」

小沼は資料も配らず、いきなり数式をホワイトボードに書きはじめた。

その内容はこの場にいるメンバーにとってはなじみ深いものだった。岩澤理論の一般化。メンバーが理解している前置きは飛ばして、いきなり本題に入る。最初は噛んで含めるようだった丁寧な話しぶりも、次第にヒートアップしていく。唾《つば》を飛ばし、殴るように数式を書きながら、空いている片腕を踊るように動かす。途中の証明を飛ばし、最後は強引に結論へ着地した。

小沼の本領はこの豪腕ぶりにある。細かい枝道をなぎ払いながら結論へ突き進むところは、瞭司とよく似ている。

発表が終わると、小沼は憑《つ》き物が落ちたように穏やかな様子で一同を見渡した。

「何か、質問は？」

学生たちはそのパフォーマンスに圧倒されていた。特にこの後発表する博士課程の面々は一様にこわばった表情をしている。小沼のエネルギーに満ちた発表を目の当たりにすれば、大抵の学生は自信を喪失するだろう。

瞭司にも小沼の気迫はひしひしと感じられた。気迫の裏には焦りがある。数学者のピークは早い者で十代、遅くとも三十代までという通説を聞いたことがあった。四十を過ぎた小沼がプレーヤーとしての焦りを感じるのも無理はない。

学生たちの発表がはじまった。博士課程の学生といえば数学のプロも同然だが、小沼の後ではどうしてもかすむ。しかし、誰もが懸命にみずからの研究について話した。

博士の学生たちが無事に発表を終え、残るは修士二年の田中と木下だけになった。先に木下が楕円《だえん》曲線の離散対数と岩澤理論の関係についての進捗《しんちょく》を報告し、きっちり一時間で終了した。最後に登壇したのは田中だ。時刻は五時。田中が一時間で終われば、予定通り六時から夕食が食べられる。

「それじゃあ、私が今日の大トリを飾らせてもらいます」

田中は長い前髪をかきあげ、意気揚々と語りはじめた。

その田中の顔色がどんどん悪くなっていく様を、瞭司はまざまざと見せられることになった。発表が終わった直後こそ元気に受け答えをしていたが、質問する小沼のほうが高揚してくると徐々に答えがしどろもどろになってくる。さらに博士課程の先輩までが質問者側に回ったため、田中は猫に囲まれた鼠のようにあちこちへ逃げ惑う羽目になった。

　佐那は途中から船をこぎはじめ、居眠りから目覚めてもまだ議論が続いていることにひとりで驚いていた。六時半を過ぎたあたりで、木下が無念の表情で額に手を置いた。

「今年は定時で飯が食えると思ったのに……」

　結局、田中の質疑応答は七時まで続いた。げっそりした顔つきの田中は終了から三分で気持ちを切り替えて、勇んで食堂へ向かった。

「よっしゃ、飯、飯！」

　切り替えの早さだけは、田中に敵《かな》う者はいない。

　瞭司たちは先程聞いたばかりの発表内容について話しながら、土地の食材を使った夕食を食べた。宿舎が用意してくれた食卓には刺身や煮魚、貝の酒蒸しが並んだ。山の中にあるのに、出てくるのは海産物ばかりだった。

「ここ、遠いけど飯は本当にうまいんだよなあ」

　田中がムツの煮付けを箸《はし》でほぐしながら、しみじみと言った。瞭司は久しぶりに白飯を二杯食べた。周囲には何もなく、食事はおいしい。何かに集中するには最適の環境だった。

「飯終わったら、俺たちの部屋来いよ」田中は木下と相部屋だった。

「飲み会やるから」

「打ち上げは明日じゃないんですか」

「明日まで待ってられるかよ。俺らで酒持ってきたから、宴会だ。他のやつらにも声かけとくから、お前はクマと佐那ちゃん誘って」

これで、田中のキャリーバッグが異様に巨大だった理由が判明した。

「麻雀《マージャン》セットもあるぞ。牌《パイ》混ぜてもうるさくないように、マットも持ってきた」

田中が品のない笑い声をあげた。しかし八畳弱の部屋にそれほど大勢の人を呼べるだろうか。若干の不安を覚えつつ、瞭司は田中の誘いを快諾した。

佐那は喜んで誘いに応じた。退屈を持て余していたらしく、同室の先輩を連れてすぐに田中たちの部屋へ向かった。

瞭司が自分の部屋に戻ると、熊沢がデスクに参考書を積んで明日の原稿を作っていた。ベッドに腰をおろすとデスクに積まれた本の背表紙が目に入る。瞭司も使ったことのある弦理論の専門書だった。

「田中さんたちの部屋で飲み会やるけど、クマも来ない？」

返事の代わりに、熊沢は横目で瞭司を一瞥《いちべつ》した。

「昼に言っただろ。明日の準備しないといけないんだって」

「クマなら大丈夫だよ。僕、原稿なんか作ってないもん」

熊沢は開きかけた口をつぐんで言い直した。

「お前はそうでも、俺は違うんだって」

「違わない」

「違うんだよ」

「クマにも数覚がある。僕にはわかる」

「数覚？」

小平邦彦が随筆に書いている。数覚は『見る』感覚だと。図書館に通っていた中学時代、瞭司はその随筆を読んだ。そのときおぼろげながら、自分に見えているものが何か、理解したような気がした。

話を聞いた熊沢は鼻で笑った。嘲笑《ちょうしょう》といってもいい笑い方だった。

「見えてるのはお前だけだよ」

そう言うと、すっと笑いをひっこめる。悲壮な雰囲気が漂っていた。

「とにかく俺は行かないから。田中さん、待ってるんだろ。早く行けよ」

仕方なく瞭司は部屋を出た。あの様子では、てこでも動かないだろう。

田中の部屋に行こうと歩き出したところで佐那と鉢合わせした。

「どうしたの」

「部屋からお菓子取ってくる。クマは？」

「明日の準備だって」

そう、と言って佐那は扉を見た。その奥では熊沢が悲壮な闘いを繰り広げている。

瞭司は自然とわきあがってきた質問を投げた。

「佐那は自分に数学の才能があると思う？」

佐那は視線を瞭司に戻して苦笑した。

「瞭司に聞かれると、ある、とは言いにくいなあ」

壁にもたれかかり、佐那はスリッパを履いた足先を見つめた。

「あたしたちが何の才能を持ってるかなんて、やってみるまでわからないじゃん。たとえば、あたしに数学の才能があるとしても、それ以上にカンフーの才能があるかもしれない。瞭司はやったことがないだけで、もしかしたらサーフィンの天才かもしれない」

「それはないよ」

「たとえばの話。つまり、生まれてきた瞬間あなたにはこれこれの才能があります、って誰かが教えてくれるならいいけど、そうじゃないじゃん。だったら興味のあることと片っ端からやってみて、どれが得意か確かめるしかないよね。あたしにとっては数学もその過程のひとつってこと」

瞭司はそんな風に考えたことがなかった。考えるのは数学のことばかりだ。同じ歳の佐那が大人びて見えた。

「自分の可能性は殺したくないから」

言い残して、佐那は廊下を歩いて行った。

熊沢は苦行のように数学と向きあっている。佐那にとって数学は選択肢のひとつでしかない。田中や木下は数学を愛する一方で、どこかおびえているようなところがある。

皆、好きだから、楽しいから数学をやっていると思っていたが、どうやらそうではないらしい。瞭司はそのことにようやく気付きはじめた。割り切れない思いを抱えたまま、瞭司は先輩たちが待つ部屋のドアを開けた。

即席の宴会は盛りあがった。発表が終わった学生たちは、解放感からか始終声高に話していた。そのうち瞭司は眠りに落ち、目覚めた時には二つのベッドの間に身体を押しこめていた。寝ぼけ眼をこすって身を起こすと、かたわらで田中が歯を磨いていた。

「いつまで寝てんだよ。もうすぐ朝飯だぞ」

二日酔いのいがらっぽい声で言われ、慌てて瞭司は部屋に戻った。

朝食が済むと、全員が昨日と同じセミナー室に集合した。二日目は修士一年の学生から順に登壇する。

瞭司の出番は昼食前だった。ホワイトボードにマーカーを走らせ、右上がりの癖のある字を書いた。

〈d次元掛谷《かけや》集合のハウスドルフ次元はdである〉

瞭司が大学院の研究テーマに選んだ、掛谷予想である。

数分のうちにホワイトボードは記号と図で埋められた。瞭司は書いた端から消しては、また新しい記号を書く。縦横に数式が出現しては消える。湖面に落ちた雨粒が円を描いて消え、また別の雨粒が落ちては跡を残す。一瞬のまたたきのようだった。

フラクタル幾何では整数以外の次元が頻繁に登場する。1・5次元や2・7次元の不可思議な図形が幅を利かせ、数学者の想像力を試そうとする。掛谷予想が他の解析学の問題とも密接に関係していることはわかっているものの、証明の糸口はまだ見つかっていない。

聞きなれない言葉を連発する瞭司の話を、学生たちは狐につままれたような顔で聞いていた。充血した目をぎらつかせていた熊沢までが、唖然《あぜん》と口を開けている。

瞭司が話を終えると同時に、小沼が口を開いた。

「ムーンシャインの一般化より難問かもな」

「どっちが上でどっちが下か、僕にはわかりません」

「それもそうだ。ところで、さっき方針を示してくれたけれど、ハムサンドイッチの定理に執着するのが得策なのか、それとも……」

小沼は引きこまれたように質問を繰り出し、瞭司は淀《よど》みなく答える。台本を読みあげているかのように、二人の会話はなめらかだった。他の学生は呆気《あっけ》に取られていたが、そんなことには構っていられない。こういう時間こそが瞭司にとって至福だった。

続く学部生たちは皆、無難に発表をまとめた。やや退屈ではあったが、それでも瞭司は数学の話なら楽しく聞くことができた。佐那の発表は非可換ガロア群の岩澤理論について。彼女にしては面白みのない内容、というのが本音だった。

最後に、学部三年の熊沢が登壇した。すでに午後六時を過ぎ、窓の外は藍《あい》色に変わろうとしている。室内の空気は淀み、疲労感が沈殿していた。ほとんどの学生はけだるそうに椅子にもたれかかり、気持ちはこの後の宴会へひと足先に行っている。

熊沢は深く息を吸いこみ、沈んだ空気を吹き飛ばすように第一声を発した。

「みなさんは〈弦理論〉を知っていますか」

そのひと言で室内に違和感が広がった。これまでの報告とは異なる分野だ。居眠りしていた学生までが目を覚まし、低い声で言葉を交わしあう。発表者である熊沢だけが泰然としていた。

「これから、アーベル多様体のミラー対称性について報告します」

木下が珍しく、不機嫌そうにつぶやく。

「岩澤理論じゃないのかよ」

熊沢のテーマは岩澤理論のp進表現だったはずだ。この研究合宿の発表内容として小沼に伝えていたのもそうだった。だから、予定とは違う異分野の用語が飛び出してきたことは、その場にいた誰にとっても意外だった。

ざわつきを気にも留めず、熊沢は語りはじめた。小沼の表情は読めない。顔の下半分を手で覆い、熊沢の高揚した口ぶりにじっと耳を傾けている。腕を組んだ木下が誰に言うともなくひとりごちた。

「先生、怒ってるんじゃないか」

この研究室に弦理論の研究者はいない。その分野について研究することは、ラボの存在意義を問われかねない行為だった。ましてや中間報告という場で、小沼にとって思い入れの深い岩澤理論を放棄し、前触れなく別の分野の報告をはじめたのだ。喧《けん》嘩《か》を売っているとも取れる行為だった。それでも小沼は熊沢の発表を止めさせなかった。

熊沢がつむぎだす言葉はひとつの物語だった。弦理論から生まれた信じがたい予想と、その予想が徐々に制圧されていく模様。しかし予想の制圧は一筋縄ではいかない。肩を押さえれば足が逃げ、腰を捕まえれば上下に分裂する。それでも忍耐強く釘《くぎ》を打つことで、ミラー対称性という不可思議な現象が少しずつ数学者の手に落ちていく。そして熊沢の研究は、その下腹に決定的な杭《くい》を打ちこむ可能性を秘めている。

十五分を大幅に超えた発表が終わると、小沼は顔を覆っていた手をおろした。口元はゆがんでいる。不快感のせいではなく、笑みを我慢しているせいだ。それを見た瞭司は安堵《あんど》した。なぜなら、瞭司も口角が上がるのを止められなくなっていたからだった。

クマも小沼先生も、数理の世界の住人だ。僕だけじゃない。僕は孤独じゃない。

学生たちは皆、口を閉ざした。そもそも内容を理解できたのは、熊沢を除けば小沼と瞭司だけだった。小沼はにやついたまま、緊張した面持ちの熊沢とにらみ合った。

「岩澤理論はもうやめるということか」

「そうさせてほしいと思っています」

「今までうちでやっていた分野とは離れているようだが」

「瞭司のフラクタルなんて実解析じゃないですか。岩澤理論とは無関係でしょう。それとも瞭司は特別扱いってことですか」

おいおい、と言ったのは木下だった。しかし熊沢も小沼も見向きもしない。

「ひとりでやりきれるのか？　俺には指導できないかもしれない」

「絶対にやりきります」

「絶対、なんてあまり言わないほうがいい」

もう一度、小沼はホワイトボードに記述された物語を眺めた。独力でここまで研究を進めるのは並大抵の努力ではできない。熊沢の執念を感じたのは瞭司だけではなかった。

「わかった。気が済むまでやればいい。数論幾何には違いないしな。ただし、結果が出ない限り卒業は認めない。それでもやるか」

「やります」即答だった。マーカーを握りしめる熊沢の手は力みのせいで白くなっている。小沼は真顔に戻って言った。

「頑張れよ」

ただの励ましではない。それは小沼から熊沢への、決別の宣言に聞こえた。

瞭司はふたりのやりとりを遠い世界の出来事のように眺めていた。皆がセミナー室を退出してからも、瞭司はしばらく残っていた。田中が呼びに来るまで、瞭司はじっと椅子に座ったまま、熊沢の報告を振り返っていた。

夜が訪れ、何事もなかったかのように打ち上げがはじまった。誰もが達成感に満ちた表情をしている。小沼は学部生と一緒になって恋愛話に花を咲かせていた。例によって田中にからまれていた瞭司は、解放されるとすぐに熊沢と佐那を捜した。三人で話しておくべきことがあるような気がする。

しかし、ふたりはとっくに宴《うたげ》から姿を消していた。

その夜、ついにふたりと会うことはできなかった。

酒がかなり入ってきた頃、幹事の木下が買ってきた花火で遊んだ。炎が弧を描き、煙が立ちこめるただなかで、瞭司はほほえんだ。

僕らは数学という燃えあがる船に乗り合わせている。船から振り落とされる者がいれば、みずから下船を選ぶ者もいる。炎が勢いを増すほど船は進む。若き才能という燃料を消費しながら、船はどこまでも進んでいく。

瞭司はこの船に乗っていることを誇りに思った。そして、船が終着点にたどりつくためなら喜んで灰になるつもりだった。

7 佐那

予約の時刻より十分も早く入店した。当然、佐那はまだ来ていない。

熊沢は案内された窓際の席に腰をおろした。ガラス越しに見える夜のキャンパスには人の気配がない。体育会やサークルの部室が離れた場所にあるせいか、夜になるとキャンパスの中心部からは潮が引くように人がいなくなる。

何気なく店内を見まわす。天井からは控えめに光るシャンデリアが吊《つ》り下げられ、テーブルは季節の花々で彩られていた。学生時代にはだだっ広いだけの講堂だった場所は、今では立派なフレンチレストランに生まれ変わっている。

このレストランは学外からの来賓との会食で使ったことがある。しかし個人的な知り合いとの食事のために来るのは初めてだった。

聡美には、大学でお客さんと食事して帰る、と伝えていた。嘘はついていないし、実際、後ろめたいところもない。十年以上も前に別れた相手だ。恋愛感情はとっくに終わっている。今さらどうこうしようというつもりもないのに、どこか罪悪感があった。

約束の時刻を五分過ぎても、十分過ぎても佐那は現れなかった。入口に女性のシルエットが見えるたび、心臓が跳ねた。それも何度か繰り返すと空しくなり、熊沢は窓の外に意識を集中してみた。

研究室に電話がかかってきたのは先週だった。学生が転送した電話を取ると、懐かしい声が流れ出した。

「もしもし。あの、斎藤佐那といいますが」

弾むような声。喉《のど》の渇きを覚えて、唾《つば》を飲みこむ。言葉を交わすのは六年ぶりだった。シャーロットで受けた国際電話もこんな切り出し方だった。熊沢は唇をなめて答えた。

「熊沢ですが」

「あ、久しぶり……あたしのこと、覚えてるよね？」

「もちろん。何、どうかした」

佐那はネットニュースを見て、驚いて電話をかけたと言った。

瞭司のノートをすべてスキャンし、サーバにアップしたのはひと月前。予想をはるかに超える反響が寄せられ、熊沢はこの一か月、対応に追われていた。テレビや新聞、週刊誌が雪崩を打って研究室に押し寄せた。コラッツ予想解決のインパクトを物語るような勢いだった。

「あたし、知らなかった。瞭司が研究ノート残してたなんて」

「あいつの実家で見つけた」

「意味、わかった？」

「全然。まだ一割もまともに読めてない。説明もすっ飛ばしてるから何が書かれてるかよくわからないし」

「瞭司の証明っていつもそうだったもんね。先に答えありきでさ」

佐那は照れ臭そうに言った。「ねえ。そのノートの現物、見られたりする？」

旧友として、断る理由はなかった。その場で日にちを調整し、今使っているメールアドレスも教えあった。

約束の時刻を十五分過ぎた頃、佐那のアドレスからメールが来た。短い詫《わ》びの言葉と、あと十五分で到着する、という内容が記されていた。熊沢はウエイターを呼び、開始時刻を遅らせてもらうよう告げた。

それからきっかり十五分後に佐那は現れた。ベージュのノースリーブから伸びる腕をハンカチで拭《ふ》きながら、熊沢のもとへ歩いてくる。その顔があまりにも汗にまみれていたので、思わず熊沢は噴き出した。佐那は構わず首筋を拭《ぬぐ》っている。

「ごめん、遅れて。仕事終わらなくて」

「走ってきたの」

「駅からダッシュ。あー、暑い」

「よくその靴で走れたな」

五センチはあるヒールを佐那は履いていた。学生時代、スニーカーとサンダルしか履いているのを見たことがない熊沢にとっては新鮮だった。黒いワイドパンツの裾《すそ》をひらつかせて、佐那は向かいの椅子に腰をおろした。後れ毛を頭の後ろでまとめなおす。ひとつひとつの振る舞いにこなれた印象を受けた。

「顔、汗まみれだけど」

「ほんと？　やだ、もう」

そういえば佐那は汗かきだった。夏場に外を出歩く時は制汗スプレーをこれでもかと噴射し、寝るときは真冬でも毛布を使わなかった。いくつかの思い出が熊沢の脳裏をよぎってはすぐに消えた。

「飲み物、どうする」

「水でいいよ。こんな高級なところじゃなくてよかったのに」

ウエイターが前菜をテーブルに運ぶ。それに構わず、佐那は身を乗り出した。

「それで、ノートは？」

「ここにはない。研究室にある」

拍子抜けしたように、佐那は身を引いた。

「そうなの。じゃあ、早く研究室行こう」

早くも佐那は中腰になる。

「食事終わってからでいいだろう」

「購買でおにぎりでも買えばいいでしょ。ご飯食べてから研究室行ったら何時になるかわからないし。今日はそのために来たんだから」

佐那は勝手にウェイターを呼び、会計を頼んだ。ウェイターのほうは遅刻したうえに、前菜も食べずに会計を済ませようとする客に唖然《あぜん》としていたが、そんなことは毛ほども気にしていない。

付き合っていた頃もこうだった。何事も佐那のペースで進み、熊沢はそれに黙って付き従う。しかし不快には感じなかった。数学に関することでなければ、大抵のことは妥協できる。

レストランの食事代は熊沢が支払った。勝手に予約したのだから熊沢にしてみれば当然だったし、佐那も特に気にしている風ではなかった。熊沢は佐那のこういう性格が好きであり、嫌いでもあった。

ふたりは購買部に立ち寄り、二割引きになった売れ残りのおにぎりを買った。肩を並べて研究室までの道のりを歩いていると、学生時代に戻ったような気分になる。熊沢はさりげなく、佐那の左手の薬指に指輪がないことを確認した。

「何してるの、仕事」

「SE。プログラム組んでる」

ソフトウェア企業でのグループウェア開発が佐那の仕事だった。熊沢にはよくわからない世界だが、彼女が自分で選択した道ならそれでよかった。

「メディアアートは?」

「続けてるよ。仕事の外でね。知り合いのエンジニアと組んで、いろいろやってる。やっぱり、お金儲《もう》けにはならないけど」

佐那が工学部の博士課程に進みたいと言い出したのは、修士二年の春だった。プログラミングに興味があることは知っていたから、熊沢も反対しなかった。しかし結果的には、それが疎遠になるきっかけとなった。数学という仲介者がいなくなったとたん、いとも簡単に関係は破れた。付き合っていたのは三年と少しだった。

数学の世界の住人である瞭司もまた、工学部へ進んだ佐那とは縁遠くなった。振り返れば、そのことは瞭司にとってきわめて不幸だった。自分を受け入れてくれる人々がひとりまたひとりと去っていくなか、大事な同期が去っていくことで、彼は孤独の谷へとさらに近づくことになってしまった。

熊沢と佐那は夜の理学部棟を歩いた。佐那は目を細めて廊下を眺め、生物学科の研究室をのぞきこんでいる。雑然とした部屋では留学生が居眠りをしていた。

「この建物だけは全然、変わってないね」

「ボロボロだろ」

「あ、ここのラボ、いつも古い仮面飾ってたよね。教授のアフリカ土産。あれ、夜見るとめちゃくちゃ怖かったんだよね」

「あった、あった。三年くらい前に退官したけど」

思い出話をしていると、どうしても付き合っていた頃のことを思い出す。不思議と熊沢の記憶に残っているのは、ふたりきりではなく瞭司と三人でいる風景、それも夜ばかりだった。朝まで喧嘩《けんか》のように議論した夜や、三人であてもなくドライブした夜。

今、この夜のどこかにも瞭司がいるような気がした。熊沢の隣には佐那がいて、瞭司がいなければならない。感傷をふりほどくように、熊沢は腕時計に目をやった。針は午後八時を示していた。

佐那を小会議室に案内してから、学生居室の照明が落とされているのを確認し、熊沢は胸をなでおろした。妙な噂を立てられてはたまらない。

小会議室に戻ると、佐那は円卓に座っておにぎりを頬張っていた。米粒が唇の端についている。薄桃色のリップが目についた。

「この部屋もあの頃と一緒だね」

「コーヒー飲むなら、そこのポットで沸かして。粉はその下にあるから」

アイスコーヒーは切らしていた。

「あたし一応、お客なんだけど」

「よく言うよ。六年もこの部屋通ってたくせに」

結局、湯を沸かしたのは熊沢だった。コーヒーを円卓に置いた熊沢に、佐那はネットニュースのプリントアウトを差し出した。制汗スプレーの柑橘《かんきつ》の香りが漂う。


〈数学の難問「コラッツ予想」解決か　数学者の遺品から証明を発見〉


熊沢は記事にざっと目を通した。これまで答えた内容を継ぎはぎしたような記事だ。夏が訪れてから、熊沢は数え切れないほど取材を受けている。

「これ見た時、絶対瞭司のことだ、って思った」

佐那の顔からは汗が引いていた。昨年設置した冷房が静かに部屋を冷やしている。熊沢はデスクに置いてあったノートを渡した。佐那はそれを適当に開いて流し読みする。ぱらぱらとページをめくる音が部屋の本棚に吸いこまれていく。

「サーバにアップしたノート、読んでないのか」

「軽く目は通したけど。現物が見られるなら、そっちで読んだほうがいいでしょ」

ノートを閉じた佐那がつぶやいた。

「それにしても字、汚いよね」

瞭司の書く字はお世辞にも読みやすいとはいえない。調子が出てくると、ますます文字の形が崩れて他人には読めなくなる。それでも瞭司自身が読めないことはなかった。

「それを清書するところからなんだよ」

「瞭司って昔から文字に癖あったもんね」

そう言いながらも、佐那は書かれている内容を解読しようと奮闘しはじめた。ノートと計算用紙を並べ、数式を書き写しては首の後ろに手をやって考えこむ。それは十代からの佐那の癖だった。顎《あご》や頬に手を置くとニキビができるから首の後ろなのだと言っていた。

熊沢はその間、ノートパソコンで雑用を片付けた。溜《た》まったメールを処理し、学生から頼まれている論文の草稿をチェックする。しばらくはペンの走る音と紙の擦れる音、マウスやキーボードを操作する音だけが部屋に響いた。

同じ円卓を囲んでいると、生々しい記憶がよみがえってくる。三人で検討をしている最中も、たびたび彼女の横顔を盗み見ていたこと。付き合いはじめてからも佐那は熊沢に依存せず、興味の赴くまま行動していたこと。熊沢の自宅で彼女から別れを切り出されたこと。

佐那は会うたび、別人のように変化する。自身の核を大切にしながら、柔軟に変わり続ける。熊沢はそんな佐那に憧《あこが》れていた。しかしこの歳になれば、自分には同じ生き方はできないとわかる。やはり熊沢は数学の世界で生きていくしかなかった。

気づけば、腕時計の針は十時まで進んでいた。佐那はノースリーブの腋《わき》が見えるのも構わず、両手を挙げて思い切り身体を反らせた。計算用紙にびっしりと文字が書きこまれていることに熊沢は驚いた。その集中力からはブランクを感じさせない。

「この感じ、すごい久しぶり。学生時代に戻ったみたい」

「ちょっとはわかった？」

「雰囲気だけ。ねえ、コラッツ予想ってフラクタルになるんじゃなかったっけ。何かそのへんに鍵《かぎ》があるんじゃないの」

コラッツ・フラクタルと呼ばれるその図形の存在は熊沢も知っていた。コラッツ予想の数式を複素数平面に展開すると、フラクタルな図形になる。瞭司がフラクタル研究を専門にしていたことを踏まえれば、何らかの関係があると考えるのが妥当だ。しかし熊沢には、両者の関係はつかめていなかった。

「どうだろうな」

今はまだ、そうとしか答えられない。冷めたコーヒーをすすった佐那は、透き通った瞳《ひとみ》を熊沢に向けた。

「コラッツ予想って、瞭司にとってそんなに大事だったのかな」

瞭司が亡くなった今、本当の目的は永遠にわからない。ただ、コラッツ予想を選んだことには特別な意味を感じていた。熊沢を数学の世界へ連れ戻したきっかけ。狭いマンガ喫茶のロッカーで読んだ大量の書き置き。これから解くんだよ、と大学一年の瞭司は言った。

熊沢は湯が沸騰する音で我に返った。温かいコーヒーを入れるため、佐那がポットで湯を沸かしていた。カップに熱湯を注ぎながら佐那が言う。

「瞭司のノート、公開してよかったの」

「どうして」

「他の数学者に解読されちゃうかもしれないよ」

今朝もアメリカにいた頃の同僚からメールが来た。世界中の解析、数論、幾何の専門家たちが膝《ひざ》を突き合わせて〈ミツヤノート〉の解読に取り組んでいるという。イギリスの研究機関ではプロジェクトチームを組むらしい。凡庸な数学者ならいざ知らず、群論やフラクタルで数学史に刻まれる業績を残した三ツ矢瞭司の証明なら信憑《しんぴょう》性は低くない。

「俺じゃ読めなかったんだから仕方ない。コラッツ予想の証明だぞ。数学界全体のこと考えたら、誰かが理解してくれればそれでいい」

佐那は湯気の立つカップを手に円卓へ戻ってきた。

「瞭司はクマにわかってほしかったんだと思うよ、きっと」

「だとしたら、あいつの買いかぶりだ」

心の底から欲しても熊沢には手に入らなかった才能を抱いて、瞭司は死んだ。あの証明の真偽も、瞭司の気持ちも、今となってはわからない。

ただ、佐那の物言いは瞭司の遺志を自分ひとりに押しつけているように聞こえた。あのとき瞭司に寄り添ってやれたのは、熊沢だけではないはずだ。かつてはこの研究室に小沼も佐那もいた。つい剣呑《けんのん》な台詞《せりふ》が口を突いて出る。

「なあ。どうして数学やめたんだ」

熊沢は直後に質問したことを悔やんだ。あまりに恨みがましく、情けない問いだった。佐那はコーヒーをすすり、真剣な顔で答えた。

「やめたっていうか、ここだけが世界じゃないって思っただけ」

気まずさをごまかすように、熊沢は真っ黒に塗りつぶされた窓のほうへ視線を移した。

「終電は？　遅くなったら家の人が心配しないか」

「ひとり暮らしだから」

恋人は、と言いかけて熊沢は口をつぐんだ。

佐那は軽やかに立ちあがり、ヒールを鳴らした。

「もう帰るね。おにぎり、ごちそうさま」

「駅まで送る」

「大丈夫。駅近いし。クマもそういう気配りできるようになったんだね」

佐那はさりげなく、期待のこもった視線で熊沢を見た。

「そういえば、あたしがあげたペンまだ使ってる？」

「……いや、もう使ってない」

例のボールペンはあれから使うあてもなく、捨てることもできないまま、デスクの奥深くにしまいこまれていた。きっと使うことは二度とない。

「だよね。じゃ、今後よろしく」

熊沢には、ふたりの関係に今後があるとは思えなかった。

佐那は踵《きびす》を返し、さっきまで手を置いていたうなじを見せた。そのまま振り返らずに廊下を歩いていく。熊沢は佐那の笑顔の残像を振り切り、部屋へ戻った。

そろそろ帰る、と聡美にメールを送る。壁紙に設定している娘の写真は満面の笑みを見せていた。数学者は一般人と同じ発想では商売にならない。だからといって、それは生活者としての道を踏み外すことへの免罪符にはならない。

窓の外を見下ろすと、キャンパスを大股《また》で歩く佐那が見えた。ガラス窓には肌のくすんだ中年男が映っている。三十六歳か、と熊沢は改めて思った。

8　正しいひと

目を覚ました瞭司の視界に飛びこんできたのは、朝日を浴びるカップラーメンの容器だった。夜食に食べたせいで、腹が膨れて眠ってしまったらしい。小会議室に化学調味料の匂いが満ちていた。

計算用紙が雑然と広げられた円卓から身を起こし、教授室の流しにスープを捨てた。視線がついデスクへと引き寄せられる。いつも書類が山と積みあげられていたのに、今はきれいに片付けられている。デスクだけではない。小沼の持ち物は跡形もなく部屋から消えていた。

この部屋は、明日から別の人間のものになる。

小沼が国立数理科学研究所へ転籍すると知ったのは、ふた月前だった。隔週で開かれる進捗《しんちょく》ゼミの後で瞭司は小沼に呼び出された。教授室に入るなり、小沼は切り出した。

「来年からのことなんだけどな」

そのことについては春から何度も話していた。予定通りにいけば、来年の春には瞭司は博士号を取得する。学部は二年、修士は一年で修了したが、博士の修了には人並みに苦戦していた。テーマに選んだ掛谷予想の手強《てごわ》さが最大の要因だったが、どうにかねじ伏せ、成果をまとめあげた。論文はつい先日受理されたばかりだ。

瞭司の元には国内のみならず、世界中からポストのオファーが届いている。特に幾何の研究者たちは、瞭司の卒業を手ぐすね引いて待っていた。大学でも企業でも、瞭司が望めば大方のところは受け入れてくれるだろう。

しかし瞭司の意思はすでに固まっていた。

「僕はこの研究室に残りたいです」

以前から何度も言っていることだ。出鼻をくじかれた、という感じで小沼は頭を掻《か》いた。

「瞭司の気持ちはよくわかってる。でも外の世界を経験しておくのも悪くないぞ。いずれ協和大に戻ってくればいい」

「外の世界に何があるんですか。僕はここがいいんです」

瞭司にとって、この研究室は初めて自分を受け入れてくれた場所だった。自分のいるべき世界が、ここにはある。数学の世界に生きる瞭司にとって、あまりにも居心地がよすぎた。

応接ソファに腰をおろした小沼は言った。

「俺は九月いっぱいで国数研に移る」

すぐには発言の意味が理解できず、瞭司は身を固くした。

「ここから、いなくなるってことですか」

「そうだ。十月からは国数研のフェローになる。もう後任の教授も決まってる」

「あと二か月しかないじゃないですか」

「合宿が終わったら、後始末に入る」

「急にどうしてですか。何かあったんですか」

「まだ四十代なんだよ、俺は」

小沼の目には哀れみが混じっていた。瞭司とは視線を合わせず、本棚に整理された卒業論文の背表紙を見ている。ここに瞭司を誘ったのは小沼だった。その小沼が、こんなにもあっけなく目の前から消えるはずがない。

「もう少し現役で頑張ってみたい」

国立数理科学研究所は教育の機能をもたない。学生は受け入れず、職員たちは文字通りみずからの手で研究成果を生み出すしかない。よほど昇進しない限り、給与は私立大学の教授より低い。厳しい環境だが、学生の教育や雑務からは解放され、数学に没頭できる。国数研では五十代、六十代の数学者が最前線で手を動かすのが当たり前だった。ある意味で、数学者にとっては楽園のような場所である。

「この間、母親が亡くなった。食道がんだったよ。母親の母親が亡くなったのもがんだった。家系なのかもな。これで血縁はいなくなった。嫁さんも、子供もいない。もし仕事で食いっぱぐれても、家族に迷惑はかからない」

小沼は独り言のようにぶつぶつとつぶやいていたが、突然声を荒らげた。

「改めて人生振り返ってみたら、俺が生きてきた痕跡《こんせき》は数学にしかないんだよ。自分なりに頑張ってきたと思う。でも数学に人生賭《か》けるなら、ちゃんと賭けたいんだ。俺は大学教授で終わりたくない。わかってくれ」

「先生は成果を出してるじゃないですか」

「こんなもんじゃない。もっとやれる。とにかく時間がないんだ」

「小沼先生を必要としている学生はたくさんいます」

「俺はもうピークを過ぎてる。猶予はない。頼むから、俺を数学者として死なせてくれ」

師と教え子ではなく、対等な立場としてふたりは顔を突き合わせていた。小沼の説得が難しいことは瞭司にも何となくわかっている。しかし納得はできない。

小沼は瞭司にとって、言葉が通じる初めての相手だった。その小沼と引き離されることは、己の身体を引き裂かれるのと同じくらいの痛みをもたらす。

喉《のど》から絞り出すようなうめき声が出た。

「なんで、もっと早く言ってくれなかったんですか」

答えはない。瞭司は頭を垂れるしかなかった。小沼の声が降ってくる。

「瞭司を呼んだのは俺だ。博士を取るまでは面倒見てやりたかったが、国数研からは十月に来られないなら次はいつになるかわからないと言われた。俺もこのチャンスを逃したら、退官するまで教授を続ける羽目になるかもしれない」

そんなに嫌なら、最初からならなければよかったのに。小沼が教授になっていなければ、瞭司がこんな惨めさを感じることもなかった。

胸に渦巻く恨み言は口にしたくない。それを言えば、瞭司がこの場にいることすら否定することになりそうだった。

「教授になった時点で、第一線に立つのは諦《あきら》めたつもりだった。でもな、瞭司たちがムーンシャインの一般化を完成させた時、俺は喜ぶより先にお前を妬《ねた》んだよ。妬んで、後悔した。なんで俺はこんなに早く諦めてしまったんだって。だからもう一度、挑戦する。きっと生まれつき、監督よりプレーヤーが向いているんだろうな」

小沼は穏やかな声で言った。

「俺がいなくなっても、ここに残るか」

「残ります」

この研究室もまた、瞭司の身体の一部だ。小沼が去ってもそれは変わらない。

返答を聞いた小沼は、今後の進路については後任教授に相談しておくと告げた。ただし、瞭司が希望すれば協和大はポストを用意するはずだ、とも言った。メディアに頻繁に取り上げられる瞭司は、この大学では有数の著名人である。その瞭司をみすみす手放すような真似はしない。それが小沼の読みだった。

「後任はどんな人なんですか」

「アメリカ生活が長かった人だ。今度、就任のために帰国する。数論幾何では俺よりずっと有名な先生だよ。平賀寿彦《としひこ》って聞いたことあるだろう」

熊沢の部屋で見た覚えのある名前だった。確か弦理論の総説の著者だ。熊沢の研究テーマと関連が深い。瞭司の表情の陰りを察知したのか、小沼が付け加えた。

「心配しなくてもいい。岩澤理論や群論にも精通した人だから、学生の面倒はしっかり見てくれるはずだ。瞭司のことも伝えてある」

小沼は何を伝えたのだろう。新しい教授は、同じ世界の住人だろうか。うつむいた瞭司の肩を小沼がつかんだ。「すまない」

瞭司には瞭司の人生があり、小沼には小沼の人生がある。そんなことはわかっているつもりだった。

小沼の気配が消えた教授室は見知らぬ部屋のようだった。瞭司は窓を背にして、キャスター付きの椅子に腰をおろしてみた。小沼がいつも見ていた風景。僕はずっと、この席を目指していた。ここに座れば、数学者として認められるはずだと思っていた。しかし小沼はこの席をみずから捨てた。僕はこれから何を目指していけばいい？

明日には平賀という男が着任する。

瞭司は椅子に身体を預けて、しばらくの間、小沼のことを考えていた。


全身が白っぽい男だった。

頭には総白髪をいただき、口のまわりには白い芝のような髭《ひげ》を生やしている。皺《しわ》だらけのボタンダウンシャツはくすんだ白で、着古したチノパンは色落ちしたベージュだった。枯れたたたずまいや小柄な体格のせいか、五十六歳という年齢以上に老成して見えた。

教授室に学生たちを集めた平賀は、穏やかな声で呼びかけた。

「平賀といいます。二十年以上、海外で研究生活を送っていました。日本で働くのは本当に久しぶりです」

米国南部にあるシャーロット大学は理系の名門大学として名高い。平賀はその大学で十年間、教授を務めてきた。学生たちのなかには、平賀の経歴を聞いただけで萎縮《いしゅく》する者もいた。

「三ツ矢というのは誰かな」

瞭司が歩み出ると、平賀はにこりともせずに右手を差し出した。「よろしく」

「どうも」瞭司が曖昧に右手を出すと、平賀が先に手を握った。思いがけず強い力だった。

「噂は色々と聞いてるよ。ずいぶん活躍しているそうだね。ムーンシャインの一般化とか、フラクタルの難問を解決したとか」

「ムーンシャインは僕だけで解いたわけじゃありません」

平賀は表情を変えるかわりに、髭をわずかに動かした。

「ファーストオーサーは君だろう」

「証明できたのはクマや佐那の協力があったからです」

瞭司が振り向くと、熊沢と佐那はそろって身を固くした。平賀の視線が一瞬そちらに向いて、すぐに瞭司の顔の上に戻った。

「つまり君が言いたいのは、こういうことだ。問題を解決したのは自分ひとりの手柄ではない。共同研究者たちの貢献があって初めてできたものだと」

「そういうことです」

「君の気持ちはわかった。しかし世間はそう見ない」

平賀はゆっくりと歩き出した。瞭司だけでなく学生全員に語りかけるように、手ぶりを交える。まるで講義を受けているようだった。

「なぜなら論文の筆頭著者が君だからだ。論文の読者には、二番目以下の著者がどれくらい貢献したかわからない。しかし筆頭著者の貢献度が最も大きいだろうということはわかる。だから君がどう思おうと、ムーンシャインの一般化は三ツ矢瞭司の業績だ。アカデミアで生きていくのなら、それくらいは理解しておきなさい」

平賀は歩みを止めない。

「もうひとつ言っておく。数学の世界では、完全な証明を示した者だけが解決者として認められる。つまり、少しでも証明に穴があれば解決者とはみなされない。それを修正して完全な証明を作り上げた者だけが解決者になれる」

瞭司の前に戻ってきた平賀は、ようやく立ち止まった。くぼんだ目を瞭司に近づける。

「ところで、きみの証明には穴がある」

冷徹な視線にたじろぎ、瞭司は半歩後ろに下がった。ガラス玉のように透明で揺らぎのないふたつの目が、動揺を見透かそうとしている。

「三次元の掛谷予想。論文を読ませてもらったが、あれはすばらしい。私も読み進めながら非常に興奮した。この一年でも有数の成果だと感じた。しかし不完全だ」

平賀はホワイトボードの前に立った。小沼がいた頃は学会やセミナーの案内で埋めつくされていたが、今は真っ白だ。マーカーを手に取った平賀は、いきなり猛烈な勢いで数式を書きはじめた。

瞬く間に、瞭司の書いた証明の一部が正確に再現される。手を止めた平賀は勝ち誇る様子もなく、淡々と言った。

「証明のなかでこれは自明だとしているが、正しくは自明ではない」

瞭司は反論しようとしたが、身体が前のめりになるばかりで声が出ない。平賀からの指摘は完全に意識の外にあった。当然、自明なものだと思っていた一文が、急に高い壁となって眼前にそびえ立つ。堤防に小さな穴が開けば、そこから全体が崩壊する。瞭司の顔は火照り、口のなかが渇ききっていた。

「瞭司」

佐那が隣から声をかけた。言い返せ、という合図に違いない。しかし返すべき言葉が見つからなかった。平賀は反論がないとみると、透明な目をぐるりと動かした。

「レビュアーも三ツ矢瞭司という名前に引っ張られたのかもしれん。まあ、論文に掲載された証明に穴があったなんて話は特に珍しくない。私が言いたいのは、このままでは別の誰かが三次元の掛谷予想の解決者になってしまうということだ。おそらく、私以外にもこの欠陥に気づいている研究者はいる」

嘆かわしそうに平賀は首を振る。

「今すぐ修正に取りかかれ。そうでないと、君は最高のパスを出した選手になる。ゴールしなければ何の意味もない」

解散した学生たちは皆、どこか不安げな気配をまとっていた。意図したかはともかく、平賀は有無を言わせない圧倒的な正しさで瞭司をねじ伏せた。それは小沼のやり方とはまったく異なっている。皆、鋭利な〈正しさ〉の刃《やいば》にたじろいでいた。

「何なの、あの人」小会議室に戻った佐那は憤慨した。大学院生になっても、瞭司たち三人はまだ小会議室を根城にしていた。瞭司は叱られた子供のようにうなだれている。

「あれがアメリカ流ってこと？」

「ああいうやり方もあるんじゃない。あと、アメリカは関係ないだろ。あの人のやり方」

熊沢はとりなすように言った。

「勇ちゃん、そっち側につくの。瞭司がボロボロに言われたのに」

佐那は人前でも平然と、勇ちゃん、と熊沢を呼ぶ。当初は田中がずいぶん囃《はや》したが、今は周囲もすっかり慣れていた。ふたりの交際ももうすぐ三年になる。

「どっちにつくとかは違うだろ。ただ、平賀先生は平賀先生で間違ってないじゃん」

「言い方があるでしょ。初対面でいきなりあんな言い方」

「それだけ瞭司のこと気にしてるんだよ。冷静に考えたらあの人すごいよ。他人の論文の内容、丸暗記してるんだから」

ふたりが話している間も、瞭司は黙りこんでいた。まるで見えない力によって、喉を締め上げられているようだった。佐那が瞭司の顔をのぞきこむ。「大丈夫？」

瞭司は佐那のほうを見て、続いて熊沢の顔を見た。ふたりを元気づけるようにうなずくと、安物のボールペンを力強く握りしめた。

「すぐに修正しないと」

計算用紙にいびつな文字を書き連ねる瞭司の背中を、熊沢はじっと見守っていた。見ていられない、とでも言いたげに、佐那は小会議室を出ていく。

数学の世界では〈正しさ〉に勝るものはない。どれだけ鮮やかな解法も、斬新《ざんしん》な着眼点も、〈正しさ〉には勝てない。だからあの時、ひと言も反論することができなかった。あの、針穴に糸を通すような緻密《ちみつ》さを、瞭司は持ち合わせていない。

熊沢は励ましも慰めもせず、瞭司がペンを走らせるがりがりという音をじっと聞いていた。

行きつけの大衆居酒屋は、十月だというのに若者たちの熱気で暑いほどだった。金のない学生は安い店に集まり、薄い酒を浴びるように飲んで騒いでいる。瞭司はシャツの袖《そで》をまくりあげ、おしぼりで腕を拭《ぬぐ》った。

熊沢がテーブルの向かいに座る木下に尋ねた。

「就活中もずっと坊主だったんですか」

「そうだよ」

「何か言われませんでした？」

「気合い入ってるねえ、って言われたことはある」

笑いながら、木下は焼酎《しょうちゅう》のグラスをあおった。今度は佐那が問う。

「コンサルタントって何やるんですか」

「金融工学の視点から、経営のアドバイスをする……って俺もあんまりわかってないけど」

今日飲んでいるのは、木下の内定祝いという名目だった。長かった就職活動に終止符が打たれ、木下の表情には余裕が生まれている。とっくに進路が決まっている田中までもが浮かれていた。田中のトレードマークだった長髪は短く整えられ、前髪に隠れていた広い額が露《あら》わになっている。

「木下は昔からそういうの興味あったもんな」

「数学は役に立たない、って決めつけが嫌いなんだよ」

また焼酎のグラスをかたむける。木下はずいぶん酔っていた。

「ＩＴにも建築にも機械にも数学は使われてるのに。無知な高校生とか、数学なんか勉強して意味あるんですか、みたいなこと言うだろ。俺もよく言われたんだよ。数学科の、しかもドクターなんか行ったら就職先ないぞ、って。そういう連中を見返してやりたいって気持ちはあるんだよな」

赤ら顔の田中が大仰に胸を叩《たた》いてみせる。

「そういう無知な高校生は俺が叩き直せばいいんだな」

「頼むぞ、田中先生」

田中はさんざん悩んだ末に、研究者の道を諦めた。来年からは故郷の北陸で公立高校の教師をやることが決まっている。教科はもちろん数学だった。

佐那は自分の梅酒ロックだけ注文して、屈託のない笑みで振り向いた。

「あたし、先輩たちの卒業を見届けられてよかったです」

「斎藤、マジで工学部行くんだな」

田中がしんみりとつぶやいた。

「そんな暗い感じにならないでくださいよ。他の大学行くわけじゃないし」

佐那は博士課程で工学部に進学する。すでに院試は終わっていた。数学科のドクターに進む熊沢とは、来年春からは別々の研究室になる。木下が素朴な口調で尋ねる。

「斎藤さんは芸術家目指すの」

「いやいや。アートはあくまで趣味なんで」

佐那は学部卒業と同時に天文サークルを抜けて、今度はメディアアートの製作に取り組むようになった。工学部に進学することを決意したのも、それがきっかけらしい。情報科学と美術の融合した分野がメディアアートだという説明を何度も聞いたが、瞭司にはいまだに何をやっているのか想像できない。

「熊沢は斎藤さんの作品、見たことあるの」

「ないです。情報科学も美術も興味ないですし」

それでも彼氏か、などと木下がけなすが、熊沢はびくともしない。

「勇ちゃんはさ、かわいい彼女が他学部に進学してもいいの？　それでいいわけ？」

今度は田中が茶化す口調で言った。

「全然いいですよ。反対する理由ないし」

「むしろ反対されたら、別れてたかも」

あっけらかんと笑う佐那を見て、田中も呆《あき》れた。

「心配して損したな。こら瞭司、どうした。元気ないぞ」

テーブルを囲む五人のうち、瞭司だけ口数が少ない。もともとおしゃべりなタイプではないが、ずっと黙ってコーラを飲んでいる姿は異様だった。

「平賀先生にガツンとやられてから、ずっとこんな調子ですよ」

熊沢が言うと、田中は瞭司の肩を叩いた。

「数学のことで言い負けるなんてお前にしては珍しいけどさ、そう落ちこむなよ。大した欠点じゃなかったんだろ。ちゃっちゃと片付けて、次のテーマに移ればいいじゃねえか」

瞭司は田中の励ましにも反応せず、コーラの炭酸が弾《はじ》けるのを眺めていた。

「え、何。難しいの」

動揺した田中が佐那に助けを求めた。みたいです、と佐那が応じる。

瞭司の頭の片隅では、いつも例の問題がとぐろを巻いていた。高い壁は殴っても、叩いても、刺しても破ってもひねっても、びくともしない。跳ぼうとしても越えられず、回りこもうとしても果てしなく、地中に潜っても壁は続いている。この壁を越えない限り、陰鬱《いんうつ》な気分は消えそうになかった。

こんな経験は初めてだった。いつもなら、解決できない課題は後回しにすればよかった。死ぬまでにはまだ何度かチャレンジできる。しかしこの問題だけは、すぐに解かなければならない。焦りがさらに瞭司を追い詰めていた。

木下がグラスの中身をぐっと喉に流しこんだ。むせかえるようなアルコールの匂い。こういう時、他の人は強い酒でも飲んで気を紛らすのだろうか。避けるべきものだったはずのアルコールに、頼ってみてもいいような気がした。

木下が熊沢の研究へと話題を変えた。熊沢は同じ研究テーマで博士へ進学することになっている。

「最初はどうなるかと思ったけど、何とかなってるもんな。俺、最近あんまりゼミ出てないけど順調なんだろ」

「一進一退って感じです。論文の投稿も博士にずれこみそうだし。どうにか修論は書けそうですけど」

熊沢は含み笑いを浮かべた。

「瞭司に比べたら、俺なんかカスですから」

それを聞いた田中が、今度は嘆息した。あーあ、と声にまで出していた。

「クマのそういうところが嫌いなんだよな」

ぼそりと発したひと言で、座は静まりかえった。熊沢は呆気《あっけ》にとられた表情で田中を見ている。冗談めかした調子はない。

「皆の前では謙虚にふるまってるけど、お前本当は死ぬほど負けず嫌いだろう。テスト勉強してないって言いながら陰でめちゃくちゃ勉強してるタイプだよ。言えばいいじゃねえか、俺は瞭司にも誰にも負けたくないって」

おとなしく聞いていた熊沢の目の色が、徐々に攻撃性を帯びてくる。

「別にそんなこと言う必要ないですから。田中さん、自分が諦めたからってアカデミア目指してる人間に嫉妬《しっと》するのやめてくださいよ」

「おい、待て。今の、それがお前の本心か。そうやって見下してたのか、俺のこと」

すかさず木下が口をはさんだ。

「お前ら、俺の内定を祝ってくれるんじゃなかったのか」

その一語で田中も熊沢も黙りこんだ。とりなすように、佐那が同級生の噂話を披露する。

宴会はどこか盛り上がりを欠いたまま、お開きとなった。瞭司は頭の片隅《かたすみ》でちらつく問題に気を取られ、最後まで会話に参加できなかった。

途中で田中や木下と別れ、三人で並んで歩いた。しばらく誰も口を開かなかった。

「来年からどうするんだ」

そう言ったのは熊沢だった。わからない、と瞭司は素直に答えた。瞭司にとっては来春のことよりも、目の前にそびえ立つ問題のほうが重要だった。

「もしかしたら協和大の教員になれるかもしれないけど、平賀先生とは何も話してない」

「協和にこだわる必要ないだろ。瞭司が行きたいって言えば、どこでも行けるよ」

小沼も同じようなことを言っていた。

「気にしすぎないほうがいいよ。皆、瞭司のこと心配してるからね」

佐那の励ましは嬉《うれ》しかったが、研究室のメンバーを心配させるのも心苦しい。やはり、一日も早く掛谷予想の証明を完成させなければならない。

十字路に来ると、熊沢と佐那はそろって右へ折れた。

「じゃあな」「おやすみ」

ふたりはぴったりと並んで、熊沢のアパートのほうへ歩いていった。少し歩いたところで、街灯の下、佐那が熊沢にもたれかかるように腕をまわした。瞭司はその後ろ姿を見送ってから、十字路をまっすぐ進んだ。

夜道の街灯の下にいくつかの顔が浮かぶ。小沼はもういない。田中と木下は卒業と同時に就職する。佐那は工学部に進学する。瞭司とこの世界をつなぎとめていたロープが次々と切れていく。これから先、そばにいるのは熊沢だけだ。たったひとつ残されたロープだけは、絶対に手放したくなかった。

街灯が途切れ、夜道の闇が濃くなる。

黒い海で、漂流する船が燃えていた。見覚えのある船だ。陸地につながれていたロープはすべて切られ、潮に流されるまま、海を漂っていた。激しい勢いで燃えあがる船の上には、自分自身がいる。

この船を動かすための燃料が必要だった。今のまま続けていても、いずれ海の底へ沈んでしまう。きっかけがほしかった。一歩先へ踏み出すきっかけが。

アパートの前を通り過ぎ、少し先のコンビニまで歩く。若い男の店員が、いらっしゃいませも言わずにレジ前でぼんやりしている。

瞭司は冷えたアルコールが並んだショーケースの前に立ち、目についたビールの缶を手に取った。アルミ缶は指の腹に張り付くように冷たい。やる気のなさそうな店員に差し出すと、有料のレジ袋に入れてくれた。

缶一本だけ入った袋を提げてアパートへ引き返す。万年床の上であぐらをかき、プルタブを引いた。噴き出した泡が散乱した論文や計算用紙に飛ぶ。鼻を近づけただけで頭がくらくらしそうだった。

おそるおそる口を近づけ、なめるようにビールをすすりこむ。ホップの苦みが舌に残る。それを洗い流すように、今度は勢いよく缶を傾けた。炭酸が喉の奥へ一気に流れこみ、思わず咳《せ》きこんだ。肺のなかが酒臭くなったような気がする。今度は缶の口に唇をぴったりとつけ、喉を鳴らしてアルコールを送りこむ。缶の中身はたちまち空になった。

浮遊感はすぐにやってきた。全身が熱を持ち、暑くてたまらない。目の前を点滅する光が行き交う。何気なく、かたわらにあった論文を手に取った。瞭司自身が書いた、三次元掛谷予想の証明。例の箇所は嫌でも目に入る。

あっ、と瞭司は叫んだ。唐突に、壁を打ち破る方法をひらめいたのだ。あわてて紙とペンを引き寄せ、思いついたまま書きつける。こんな簡単なことに、今までどうして気づかなかったんだろう。満面の笑みで瞭司はペンを走らせた。

万能感が瞭司を包んでいた。今ならどんな問題だって解ける。何だって見える。

猛烈な吐き気に襲われたのは数分後だった。トイレへ駆けこみ、胃のなかのものを吐き出すと、今度は頭が締め付けられるように痛んだ。口を水でゆすごうとしたが、頭痛で立ちあがることもできない。

いつの間にか瞭司は意識を失っていた。気がつけば、開け放したカーテンから朝日が差しこんでいた。昨夜とは別種の間欠的な頭痛があり、胸は焼けるような不快感に覆われている。少しだけ吐いてから口を洗い、トイレを這《は》い出た。

布団にくるまりながら、昨夜ほんの数分だけおりてきた万能感を反芻《はんすう》した。手を伸ばして数式を書きつけた計算用紙を拾いあげる。自分で書いたのに、その内容を書いた記憶がまったくない。まるで別人が瞭司の身体に憑依《ひょうい》して書いたようだ。そんな経験は初めてだった。

肝心の内容は、今まで考えてきたこととさほど変わらない。ただし書いてあるのはほんの冒頭だけだ。その先の展開を見てみたかった。

ビールを買ったのは、軽い憂さ晴らしのつもりだった。できることならもう酒は飲みたくない。強烈な吐き気、頭痛、倦怠《けんたい》感。二度と味わいたくはない。ただ、それらと引きかえにあの万能感が得られるのなら。掛谷予想の証明を完成させられるのなら。アルコールを浴びる覚悟があった。

体調が戻ったらまた試してみよう。脳を割るような頭痛に襲われながら、瞭司はひそかに決心した。

9　天分

理学部の教授会がはじまって二時間が経つ。

出入口に最も近い席についた熊沢は、しきりに腕時計の盤面へ視線を送っていた。約束の時刻が近づいている。余裕をもって出発するつもりだったが、この調子では定時到着は微妙だ。財布だけは懐に入れてきた。

最上座には学部長が陣取り、かたわらには事務局長が、両側の長机には臣下のごとく教員たちが並んでいる。欠席者もかなりいるが、それでも会議室には四十名近いメンバーが出席していた。教授会という名目だが、各研究室の代表者が出席することになっている。准教授の熊沢がこの場にいるのもそのためだった。大半の者は持ちこんだノートパソコンで内職をしているか、虚《うつ》ろな目であらぬ方を見ている。

議題は学部生の飛び級卒業についてだった。

瞭司を最初の例として、これまでに何名かが飛び級で学部を卒業し、大学院へ進学した。しかしたいていの学生は院修了と同時に他の組織へ移り、二度と協和大には戻ってこない。優秀な学生をつなぎとめる、という目的が果たされていないことから、制度の存続に反対する教員も少なくなかった。

そもそも、飛び級制度をつくったのは瞭司がきっかけだったといわれている。当時、学部生でありながら数学史に残る成果を収めた瞭司は〈二十一世紀のガロア〉ともてはやされ、メディアの注目を浴びていた。それを大学の広報活動に利用するため、急ごしらえで用意されたのが飛び級制度だという噂だ。しかしすでに当時の学長も、学部長を務めていた教授も、退官して大学には残っていない。今となっては事実の確認は不可能だった。

不毛な議論はかれこれ一時間以上も続いている。ヒートアップしているのは一部の教員だけで、あとの面子《メンツ》は興味のなさそうな顔をしていた。熊沢は議論を聞き流しながら、論文草稿の手直しをしている。

「熊沢先生はどう思いますか」

唐突に水を向けられ、えっ、と声が漏れた。反対派の教員が剣呑《けんのん》な声で言う。

「先生だって、飛び級制度とは無関係じゃないでしょう。三ツ矢瞭司の親友なんだから」

親友。自分にそう名乗る権利があるだろうか。

あのころ――博士課程の学生だったころ、熊沢は瞭司を見捨てた。その意識がなくとも、結果的にはそうなった。佐那とも別れ、自分のテーマに没頭し、平賀についていくことを選んだ。

考えているふりをしてごまかそうとしたが、例の教員はまだにらんでいる。仕方なく、無難な答えを返した。

「親友云々《うんぬん》はともかく、これは学部だけではなく全学的に話し合うべきテーマだと思いますよ」

「先生、今の議論を聞いてましたか。理学部としての総意をまとめて、学長への提言をしようという話だったじゃないですか。いきなり全学的に話しても……」

相手はますます激高する。事務局長が同情的な視線で熊沢を見ていた。学部長は我関せずという風情で手の甲を掻《か》いている。熊沢は真剣な顔で相槌《あいづち》を打つふりをした。

思えば、あの飛び級卒業が瞭司にとっての不幸のはじまりだったのかもしれない。

あのころに戻ってやり直せるとしたら、今とは違った結末になっていただろうか。

瞭司が証明を発表した三次元の掛谷予想は、ロシアの数学者によって完成された。平賀が不備を指摘した二か月後だった。その直後の進捗《しんちょく》ゼミで、平賀は瞭司を演壇に立たせ、他人がつくりあげた〈完全な証明〉について解説させた。自分の証明のどこに穴があり、どう埋められたのか。それを語るのは身が焼かれるほどの屈辱だっただろう。

話し終えた暸司に、最前列に座る平賀は言った。

「数学をやっていうのはこういうことだ。正しくなければ何の意味もない」

暸司の顔をのぞきこみ、平賀は不完全な証明の記された論文を手に取った。

「きみがここに書いたのは数学ではない。単なるアイデアだ」

うつむく暸司に熊沢は同情しつつも、どこか冷淡な気持ちで見ていた。長年抱いていた幻想が、音を立てて崩れたような気がした。

それでも博士課程の修了には十分すぎるほどの実績である。暸司にはフラクタルでの研究成果もあり、依然として数学界での評価は低くなかった。修了後はそのまま研究室の助教に就任し、研究生活を続けることになった。

その間、熊沢は平賀へ傾倒していった。

弦理論の第一人者である平賀は、熊沢のテーマであるミラー対称性にも詳しい。自然と研究の内容について相談する機会が増えた。平賀の指導は懇切丁寧とは言いがたいが、いつも具体的だった。常に数式を動かして検討の妥当性を説明する。数学者同士の会話では、言葉よりも数式のほうがずっと雄弁だ。その場で理解できなくても、ノートを読み返して後々気づくこともあった。

平賀はいつも正しかった。たとえ研究を後退させるような指摘であっても、平賀は決して躊躇《ちゅうちょ》しない。正しさ以上に優先するべきものはないからだ。

瞭司や小沼はどちらかといえば、厳密さよりも本質をつかむことを重視するタイプだった。一方、平賀は寸分も瑕疵《かし》がないよう注意しながら、緻密《ちみつ》に論理を組み立てることを優先する。華やかさには欠けるが手堅いやり方だ。

いつしか着実に実績を積み上げていく平賀を、己と重ね合わせていた。自分は瞭司のような数学者になれないことは、学部生のころからわかっていた。自分は瞭司のように〈見える〉人間ではない。しかし平賀のようになら、なれるかもしれない。

小沼がつくった研究室の仕組みに、平賀は少しずつ手を加えていった。隔週で開かれていた進捗ゼミは毎週になった。コアタイムとして、学生が研究室にいなければならない時間が設けられた。夏恒例の研究合宿は二年目までは開かれたが、その後は廃止された。

赴任一年目の合宿で、瞭司への失望はさらに深まった。

例年通り、伊豆高原の研修センターで研究報告がはじめられた。前年までは教授の小沼がトップバッターを務めていたが、端《はな》からこのイベントに疑問を抱いていた平賀は報告を拒んだ。

最初に登壇したのは、助教の瞭司だった。向き合う格好になった平賀は退屈そうに白い髭《ひげ》をなでている。ホワイトボードの前に立った瞭司の顔は青ざめていた。

「では、僕からはじめさせてもらいます」

語尾が震えている。熊沢は博士論文の発表会を思い出した。あのときも、瞭司の声は緊張で震えていた。聞いている側が哀れに思わずにはいられないほどだった。

自分の報告の準備に追われていたこともあり、熊沢は久しぶりに瞭司の研究成果を聞くことになった。フラクタルの規則性に着目した、新たな解析手法。配られたプリントには見覚えのある模様が描かれていた。燃えあがる船。瞭司がフラクタルの虜《とりこ》になったきっかけだ。

無理に自分を奮い立たせているのか、瞭司の声はなかば悲鳴のように聞こえた。まるで、燃える船の上で助けを求めているようだった。船に残ることに固執し、逃げ遅れた乗客。

瞭司は自己相似の図形に共通する数式の存在を証明しようとしていた。その数式が実在すれば、あらゆるフラクタルが自在に解析できるという。熊沢にはほとんど理解できなかった。それ以前に、理解しようとする意思を失っていた。

瞭司が発表を終えると同時に、学生たちの視線は平賀に集まった。

「非常に魅力的な結論だな」

ゆるみかけた空気を締め上げるように、しかし、と平賀は続ける。

「この短い時間で私はこの論理に二つの大きな穴を発見した。それは自覚してやっているのか、それとも本当に気づいていないのか」

返答の代わりに、瞭司は力なく首を横に振った。

「たしかに、きみほど才能に恵まれた人間は他にいないかもしれない」

平賀の言うことが世辞やごまかしでないことは、普段の態度からわかる。

「きみには経過を飛ばして、いきなり結論に至る癖がある。まるで予言者だ。実際、高等な知性は予言に近い。しかし、その予言が正しいことをどうやって他人に説明する？　それができない限り、その理論は憶測でしかない。答えを言うだけなら誰だってできる」

褒めた後に批判するのは、平賀の常套《じょうとう》手段だった。瞭司はしばらく悔しさを噛《か》みしめるように足元を見つめていた。だが、握りしめていた黒のマーカーをトレイに置き、青ざめた顔のまま、平賀に充血した目を向けた。

「しかし、実例に当てはめれば予想は正しいと確認できるはずです」

瞭司が反論するのはめずらしい。少しでも己への反感を感じれば、瞭司は心を閉ざしてしまう。瞭司が平賀に何かを言い返すのを目にするのは初めてだった。

「物理屋ならそれでもいいかもしれないが、我々は数学者だ。数学者なら、正確であることをもって存在意義としなければならない」

平然と言い返す平賀に焦りは微塵《みじん》もない。

「これが正しくないと、どうして言えるんですか」

「では逆に教えてくれ。君は何をもって、この理論が正しいというんだ」

「僕には見えるんです。それが何よりの証拠です」

「だったら私たちにも見せてくれ。今すぐに」

あからさまに、平賀は冷笑してみせた。瞭司の顔色が蒼白《そうはく》から赤へと変わる。

「真実を誰にもわかるような形にすることこそが、数学じゃないのか。証明できない妄想の垂れ流しは数学ではない。それを妄信する人間も、数学者ではない」

議論の勝敗は誰の目にもはっきりしていた。赤黒い顔をした瞭司は、強く下唇を噛んでいる。犬歯が食いこみ、今にも血が流れだしそうだった。血走った視線が熊沢に向けられた。助けを求めている。

できるだけさりげなく見えるよう、熊沢は頬杖《ほおづえ》をつくふりをして視線を逸《そ》らした。相手は平賀だ。助けられるわけがない。そもそも、瞭司が皆に理解できるよう説明していれば、恥をかくこともなかった。妄想の垂れ流しではなく、〈数学〉の言葉で話していれば。

セミナー室の壁を見つめているうち、黒い想念に覆われていく。急速に拡大する蔑《さげす》みの感情は、もう熊沢自身にも止められなかった。

こいつは数学者じゃないんだ。

どうして今まで、こいつを天才だと思っていたんだろう。

演壇に視線を戻したとき、すでに暸司の姿はなかった。部屋の隅で寒さをこらえるように身を縮めている暸司を、熊沢は温度のない目で見た。


佐那とはひどい別れ方だった。しかし元の関係に戻る気はなかったし、別れ方が悪いからと言って、もう一度〈別れ〉をやり直すことはできない。

博士に進学してからは会う間隔が広がっていたが、それでも佐那の態度は変わらなかった。会えばマイペースに話して、食べて、眠る。以前は気にならなかった奔放さに、徐々に熊沢は苛立《いらだ》ちを覚えるようになった。佐那がどう思っていたかは知らない。

その夜、ふたりは熊沢の部屋にいた。佐那は自分の作品を見に来てほしい、と繰り返し熊沢を誘った。パンフレットを目の前に突き付けられ、仕方なく見てみた。暗い部屋で極彩色のライトが灯《とも》っている写真。天井から垂れ下がった紐《ひも》には無数のガラス球がまとわりついていた。松ぼっくりのようなオブジェが所狭しと置かれ、説明を読むとそれらはスピーカーのようだった。

「興味ない」

熊沢はパンフレットをフローリングに投げ捨てた。佐那は拾ってテーブルの上に戻す。いつもはそれで諦《あきら》めるのだが、虫の居所が悪かったのか、佐那は食ってかかった。

「今、なんでパンフレット投げたの」

「アートなんかわからない」

「なんでパンフレットを投げたのかって聞いてるの」

佐那の視線から強い意志を感じた。先に目をそらしたのは熊沢だった。

「どうせ、それもすぐ飽きるんだろ。数学と同じで」

しまった、と思ったが、吐き出した言葉はもう戻らない。

「どういう意味」

佐那の唇はかさついていた。怒ると興奮して唾液《だえき》が減るという話を聞いたことがある。今ごろ佐那の口のなかはからからだろう、と熊沢は場違いなことを思った。

「あたし、別に数学に飽きたわけじゃないから」

「だったらなんでやめた」

「工学部のほうが自分のやりたいことができると思ったから」

「だから、飽きたんだろ。要するに。それなら最初から工学部行ってればよかったのに」

飽き性なんだよ、と熊沢は言った。佐那の目に涙はなかった。ただ、軽蔑《けいべつ》の色が浮かんでいるだけだった。

「わかってくれてると思ったのに」

「わかるかよ、他人のことなんか」

決定打だった。佐那の目が知らない人間を見るものに変わっていく。熊沢も退《ひ》くに退けなかった。子供じみた悪態が口をつく。

「メディアアートか何か知らないけど、二度と数学やるなよ」

壁に話しかけているように手ごたえがない。ああ、もう、ダメだ。

「バカじゃないの」

佐那には涙を流す気配すらなかった。前触れなく、彼女はカバンや紙袋に自分の持ち物を詰めはじめた。部屋着や下着、歯ブラシ、化粧道具。パソコンにつなげていたイヤフォンを勢いよく抜き取ってポケットに押しこむ。マグカップの水滴を拭《ふ》いてタオルで包む。熊沢はその一部始終を、黙ってながめていた。自分の部屋だというのに、所在なさを感じてベッドの上であぐらをかいていた。諦念《ていねん》にくるまれ、言葉を発するのも億劫《おっくう》だった。

じきに荷造りは終わった。両手に紙袋を提げた佐那は玄関の手前で仁王立ちした。

「もうここ、来ないから」

熊沢は振り向きもしない。ベッドの上から壁紙をながめていた。反応がないとみるや、佐那は靴をはいてドアノブをひねった。

「あたしのことが好きだったんじゃなくて、数学のできる女が好きだったんだね」

そういう意味じゃない。熊沢が顔を向けると、すでに佐那の姿はそこになかった。拒絶するように音を立ててドアが閉まる。去り際に佐那がどんな表情をしていたのか、熊沢は知らない。

それからは、キャンパスで顔を合わせても互いに見て見ぬふりをした。瞭司が亡くなるまで、ふたりは一度も言葉を交わさなかった。

熊沢は大学の正門前に停まっていた、客待ちのタクシーに乗りこんだ。店の名前を告げると、はい、とだけ答えて運転手は車を発進した。

約束の時刻に間に合うか、ギリギリのところだ。平賀は時間にルーズな人間を嫌う。幸い、道は空《す》いているようだった。頼むから間に合ってくれ、と祈る。

日が落ちるのが早くなった。六時前だというのに、もう暗闇に包まれている。熊沢は後部座席で朝読んだメールの内容を反芻《はんすう》していた。

ドイツの数学者チームが〈ミツヤノート〉の完全解明に成功した、という噂だった。アメリカ時代の同僚から送られてきたメールだ。にわかには信じられない。こういう噂はたいていデマであったり、本人たちの思いこみに過ぎない。完全解明、という大仰な言い方もいかにも怪しい。それでも、心中は不安の雲で覆いつくされていた。

鮨《すし》屋に到着したのは約束の時刻ちょうどだった。急いで代金を支払い、転げるように店の戸を開ける。カウンターでは平賀がすでにお猪口《ちょこ》を傾けていた。隣に座った熊沢をゆったりと振り向く。「一応、セーフだね」

「すいません。教授会が長引いて」

いつもと同じ白のシャツにベージュのズボン。年代物の紺のジャケットを椅子の背にかけていた。いつ見ても、この人の服装は変わらない。平賀は小鉢をつつきながら言った。

「いちいち出席する必要があるのかい。私は出席した記憶ないな」

平賀くらい名が売れていればいいだろうが、三十代の若手がそれをやるには度胸がいる。ましてや熊沢は今、瞭司のノートを公表した件で学内中から注目を浴びている。教授会をすっぽかせば何を噂されるかわからない。

注文を取りに来た店員に、熊沢は緑茶を頼んだ。

「酒は飲まないのか。きみ、好きだったろう」

「今日はちょっと。この後、用事があって」

嘘だった。春にプルビス理論の検討をはじめてからというもの、身体がアルコールを受け付けなくなっている。習慣になっていた晩酌もやめた。先日、付き合いでグラス一杯だけビールを飲んだがすぐに吐いてしまった。アルコールを口に含むと、あの部屋のこもった臭いがよみがえってくる。土色のひからびた肌。黄色に濁った目。

そうか、と平賀は軽く流した。

それからしばらく、平賀の新しい生活について話した。教授を退官したこの春、平賀はイギリスへ移住した。海外生活が長かったせいか、日本のコミュニティは肌に合わないらしい。学生時代を過ごしたイギリスへ移住し、どこにも所属せずに知人の職場を転々としているという。

「移動が多くて大変じゃないですか」

「いやあ、楽しいよ。根無し草って言うのかね。トランクひとつでふらふら歩きまわって。今日はケンブリッジ、明日はUCLって具合だね。食べ物も昔よりずいぶんうまくなったが、バリエーションがないのだけはかなわん」

心なしか、日本にいた頃よりも平賀の表情は豊かになっていた。協和大で教授をやっていた頃は常に雑草を嚙むような表情だったが、今はしがらみから解放されたように安らかな顔をしている。

「そっちはどうだ。娘は元気か」

「おかげさまで。昇任してからこっち、平日は寝顔しか見られませんけど」

「そんなもんだよ。雑用ばっかりやらされて、割に合わない仕事だ。しかも家族は数学なんて理解してくれないからな。他の数学者にすら理解されないのに、奥さんが数学やらない人間ならなおさらだ」

平賀は若い時分に離婚していた。理由を聞いたことはなかったが、人並み外れた数学への執着のせいだということは察しがついた。

目の前に鯛《たい》の握りが出された。平賀は握りを頬張り、相好を崩した。

「うまい。日本の鮨はやっぱり違う。空気のせいかな」

そろそろ例の話を切り出さなければならない。くつろいだ雰囲気を壊すのはしのびなかったが、避けるわけにはいかなかった。

「来年の日本数学会で、講演を頼まれているんです」

平賀は真顔に戻り、髭をさすった。「三ツ矢の件か」

〈ミツヤノート〉について、ヨーロッパではどんな議論がされているのか、少しでも知りたかった。ドイツのチームが解明に成功したという噂の真偽も確かめたい。一時帰国中の平賀をつかまえて食事に誘ったのはそのためだ。熊沢は固唾《かたず》を飲んで返答を待ったが、返ってきたのは拍子抜けするような言葉だった。

「興味ないな」

そう言うと、平賀は黒目だけで熊沢をにらんだ。詰問するような口調だった。

「あれはもう、きみの仕事ではないだろう。ノートを公開した時点で役目は終わった。熊沢には熊沢にしかできない仕事がある。自分でもわかっているんじゃないか」

他人に言われるまでもなく、弦理論においては第一人者だという自負はある。他の誰かではできない仕事をしてきた。

しかし、プルビス理論を明らかにすることもまた、自分の仕事ではないのか。

説教したいわけじゃないが。そう前置きしてから平賀は言った。

「自分の実力を過信するなよ。私の後任じゃなければ、きみはまだ助教止まりだ。弦理論をやっているから、今の地位にいるんだ」

熊沢は反論の言葉を飲みこんだ。普通、准教授になれるのは早くとも四十代だ。三十代中盤という若さで昇進できたのは、紛れもなく平賀のおかげだった。彼の直弟子であり、後任として推薦されたからこそ准教授に昇任し、研究室の代表になれた。平賀は恩に着せようとしているわけではない。事実を述べているだけだ。

「人間には天分がある。何をやるために数学者になったのか、もう一度じっくり考えてみるんだな」

正論だった。年長者として、平賀の意見は間違っていない。この場では感情を抑えて、やり過ごすこともできた。しかし結局、熊沢はそうしなかった。

「私の天分は瞭司の跡を継ぐことです」一息で言った。

瞭司が雑居ビルのマンガ喫茶を訪れたあの夜、熊沢の天分は決まった。瞭司がいなければ、協和大学准教授の熊沢勇一は存在しなかった。天分に従うべきだと言うのなら、熊沢にはやはりそうするのが自然に思えた。

「今までやってきた研究はどうする」

平賀はあくまで静かに話す。激高する気配はないが、心の底でふつふつと感情がたぎっているのが熊沢には透けて見えた。

「続けます」

「自分の研究を続けながら、三ツ矢の研究の続きまでやるつもりか。彼はフラクタルの専門家だろう。弦理論とは関係ない」

猪口を干し、平賀は新しい冷酒を注文した。さらに饒舌《じょうぜつ》になっていく。

「勘違いしているのかもしれんが、私は三ツ矢が無能な数学者だとは思っていない。むしろ、怖いくらいに感覚の鋭い人間だった。それは認める。だからこそ、片手間で太刀打ちできるようなものではない。リーマン予想やホッジ予想にとり憑《つ》かれて、一生を棒に振った数学者を何十人も見てきた。そうなる覚悟があるのか」

聡美や娘の顔がよぎった。傾きかけた心をどうにか立て直す。

「三ツ矢が親友だというのは知っている。気持ちはわからないでもない。しかし私はそんなつもりできみを育ててきたんじゃない。熊沢の能力はそんなことに使うべきじゃない。きみが本気でやれば日本の数論幾何はあと三十年、世界で戦える」

アメリカへの留学も、帰国してからのポジションも、すべて平賀のはからいによるものだった。自分を見こんでくれているのはわかる。言いつくせないほど感謝もしている。

熊沢は黙って、湯のみの底に沈む茶葉を見つめていた。

「呆《あき》れたな」平賀は冷酒をあおった。細い首のうえで喉仏《のどぼとけ》が上下に動く。

「先生にも、焦ることはありませんか」

熊沢は空の猪口に冷酒を注いだ。

「歳をとるたびに才能の残量が減っていく不安とか、手が届かないくらいまぶしい才能への嫉妬《しっと》とか、先生でも感じることはありませんか」

こんな質問をするのは初めてだった。平賀はじっと熊沢の目を見て、言った。

「焦りを感じるのは、自信がない人間だけだ」

熊沢は苦笑した。そうだ。この人はこういう人だった。尋ねるだけ無駄だ。

食後、平賀とは店の前で別れた。タクシーに乗ろうとした平賀は、いったん丸めた背中をまっすぐに伸ばし、熊沢の目を見て言った。

「後悔しないよう、よく考えろよ。あとはきみ次第だ」

タクシーを見送った熊沢は、駅とは逆方向に歩き出した。まだもう少しひとりでいたい。頭上には晩秋の星座がぽつりぽつりと光っていた。

飲食店の並ぶ通りを外れると、川沿いの歩道に出た。幅二メートルほどの小さい川が流れている。

そういえば、瞭司とこの道を歩いたことがあった。いつだったか。懸命に記憶を探ったが、正確な時期は思い出せなかった。

10　プルビス

瞭司の右手には小川が流れていた。手すりにつかまって眼下をのぞきこむ。コンクリートで固められた岸には緑の藻が密生し、街灯を受けてぬらぬらと光っていた。川は少し先で蛇行し、下流は見えない。

十二月の風が頬をなでた。火照った顔には冬の冷気が心地いい。

「大丈夫か。歩けるか」

背後からの熊沢の声に、瞭司は作り笑いを浮かべて振り向く。「平気、平気」

いつもの吐き気と頭痛。本当は歩くのも億劫《おっくう》だったが、酔い覚ましに付き合ってくれている熊沢には気を遣って言い出せなかった。瞭司が手すりを離れると、ふたりはゆっくりと歩き出した。頭上は厚い雲に覆われ、月も星も見えない。

「昔、こんなに飲まなかったよな」

「そう？」

「そうだよ。コーラとかウーロン茶ばっかり飲んでたのに。今日はウイスキーなんか飲んだろう。しかもロックで。五、六杯はいったんじゃないか」

何杯飲んだか記憶になかった。酒を飲むときはいつもそうだ。ただ、酔うまでのリードタイムが年々長くなっているような気がする。てっとり早く万能感を得るためには、強い酒を一気に飲むしかない。

「学生に合わせて飲む必要なんかないからな。あいつら、ただ騒ぎたいだけなんだから」

熊沢は勘違いしているようだった。瞭司は訂正せず、そうだね、と応じた。

瞭司が協和大学の助教として迎える三度目の冬だった。小沼の約束のおかげか、平賀の手配か、ともかく瞭司は数学専業で食べていくことができている。他大学からは今でも直接連絡を受ける。助教なんてとんでもない、うちは教授として迎え入れます。そう誘う者もいたが、職位や収入への興味はなかった。それ以上に、見知らぬ土地や人間関係のただなかに飛びこむのが恐ろしかった。

あまり飲んでいないのか、熊沢の横顔は涼しげだった。

「よかったの、二次会行かなくて」

冷たい向かい風が吹いた。熊沢はマフラーに顎《あご》をうずめる。

「ちょっと疲れた。最近、学生のノリについていけなくなっちゃったよ」

眼鏡のレンズが呼気で曇った。

「クマだって学生でしょ」

「来年の三月までな」

博士課程修了を目前に控えた熊沢は、このところ後輩たちと距離をとりはじめていた。だからといって瞭司とふたりで検討する機会が増えたかというと、そうではない。むしろこの数か月は、博士論文の執筆に追われて連日忙しそうにしている。

今、あの小会議室を使っているのは瞭司だけだった。熊沢は博士への進学をきっかけに学生居室へ移り、小会議室は瞭司専用の部屋になった。自然と会話は減り、瞭司はひとりで数理の世界へ没入することが多くなった。

平賀は瞭司に学生をつけなかった。それが気遣いなのか、不信感のせいかはわからない。

ふたたび、川を渡る風が吹いた。瞭司はダウンジャケットに包まれた肩をすくめる。大学一年からずっと着ているものだった。

「シャーロットって寒いの」

「そうでもない。ノースカロライナの気候は日本と似てるらしい」

ノースカロライナ、という響きから瞭司は行ったことのないシャーロット大学を想像してみた。しかしどうしても、いつもの理学部棟が脳裏に浮かんでくる。瞭司にとっては大学といえば協和大学であり、キャンパスといえばあの古びた建屋なのだ。

　ふたりは駅とは逆の方向へ歩いていた。どこかで折り返して駅へ行くつもりだったが、ふと気づくとかなりの距離を過ぎていた。戻るのが面倒になり、このまま自宅まで歩くことにした。徒歩でも三十分はかからない。

「じゃあ、このままクマの家に行こうかな」

　言いながら顔色をうかがう。熊沢は仏頂面で前を見ていた。

「今日は勘弁してくれ」

　もう半年ほど、熊沢のアパートを訪ねていない。

「迷惑かけないよ。部屋の隅で本でも読んでるから。あ、そうだ。フラクタルの解析法開発で、少し進展があってね。だいぶ形になってきたんだ。平賀先生はああいうけど、やっぱりフラクタルでは物理学の視点も動員するべきなんだよ。クマの意見も聞いてみたいな。きっと、弦理論でも強い武器になると思うんだけど」

　目の前に餌をぶらさげたつもりだったが、熊沢はなびく素振りも見せない。ふたりの間を冷たい風が吹きすぎ、熊沢はさらに深くマフラーに顔をうずめた。

「だめだよね」

　つぶやきは寒風に乗り、どこかへ飛び散ってしまった。

　熊沢に迷惑をかけるつもりはない。ただ、ほんの数年前のように、一緒に同じ問題を検討したり、暇を持て余してキャンパスをぶらついたりしたいだけだった。いつの間にか熊沢には熊沢の世界ができていた。そこに暸司の居場所はない。半透明の膜に覆われたその世界を、外側から指をくわえて見ているしかなかった。

「もう教員なんだからさ。少しはそれらしくしろよ」

熊沢はおだやかに諭した。友人を思っての発言だということは理解している。しかし暸司には、その言葉がやわらかい拒絶に思えて仕方なかった。ふいに熊沢がコートのポケットに手をつっこんだ。携帯を取り出してディスプレイを見る。

歩きながら、熊沢は応答した。すぐに調子はずれの怒鳴り声が漏れてくる。クマさあん、なんで帰っちゃったんですかあ、寂しいじゃないですかあ。研究室の学部生の声だった。熊沢は苦笑いしながらそれに応じる。

「今日は疲れたから帰る。また今度な」

アメリカ行っちゃったら飲めないじゃないですかあ、もうちょっとだけ飲みましょうよう。未練がましい声はやまない。暸司は念のため携帯を確認したが、着信はなかった。熊沢は酔った後輩のおしゃべりを聞き流し、通話を切った。

「行ってやればいいのに」

自然と冷たい声になった。

「だから疲れてるんだって。あいつらとはいつでも飲めるし」

最後に熊沢とふたりで食事をしたのはいつだろう。こうして並んで歩くことすら久しぶりだった。二十歳くらいの頃は、毎日のように学食や牛丼屋で一緒に飯をかきこんでいた。それがはるか昔のことのようだった。

帰路をたどるふたりは川を離れ、住宅街のただなかに来ていた。そろそろアパートが近い。見知らぬ家のリビングの明かりが、道の端を照らしていた。

「ちゃんとメシ食ってるか。最近、だるそうにしてるだろ」

瞭司の顔はくすみ、目の下には墨のように黒い隈《くま》がこびりついていた。吹き出物が増え、肌は水分を失っている。

「徹夜が多いから。僕も疲れてるのかもしれない」

「そうか。まあ、俺も人のこと言えないけどな」

自宅近くのコンビニが見えてきた。

「僕、買うものあるから。ここで」

「ああ。じゃあ」

熊沢は軽い調子で応じ、道の先の角を折れた。

コンビニに入った瞭司はまっすぐ酒類の棚へ向かう。角張ったウイスキーの瓶をつかんで、レジへ持っていく。買い置きが昨夜切れたばかりだった。とうに顔なじみになった男の店員は無言でバーコードを読み取った。瞭司が紙幣を出せば、黙って釣銭を寄越す。ふたりの他には店員も客もいない。

給料はほとんど、実家への仕送りと酒代に消えていた。それ以外に金の使い道が思いつかない。

レジ袋を提げて自宅へ帰りつく。玄関を入ってすぐの台所には空の酒瓶やアルミ缶が所狭しと積みあげられ、むせるようなアルコール臭を漂わせていた。冬だというのに、小さい羽虫がちょこまかと飛んでいる。暸司は瓶の山を注意深く避けながら、奥の部屋へたどりついた。すきま風のせいで外と変わらないほど寒い。ダウンジャケットを脱ぎ捨て、電気毛布にくるまった。

酔いはほとんど醒《さ》めている。ここからが暸司にとっての本番だ。宴会では人目を気にして存分に飲めなかったが、ひとりなら何も気にする必要はない。

プラスチックのコップを水で洗い、買ったばかりのウイスキーをなみなみと注ぐ。大学一年の春、熊沢のアルバイト先からくすねたコップだった。中身を一気にあおると、たちまち胃袋が琥珀《こはく》色の液体で満たされる。胸が焼けるように熱い。こめかみを殴打されたようにくらくらする。

じきに押しつぶされそうな不安が消え、暸司は深い安堵《あんど》とともに息を吐いた。温かい毛布に包まれて酒を飲んでいるときだけが、一日のなかで唯一落ち着く時間だった。

さらに飲み続けると、くらくらした感じがやや鎮まり、代わりにおそろしく感覚が冴《さ》えてくる。昼間なら考えつかないような発想が次々と浮かんでくる。暸司は毛布から上半身を出し、計算用紙を引き寄せて思いついたまま書きつけた。

今、瞭司の目に映るのは暗闇できらめく〈塵《ちり》〉だった。無限の空間に、無限の粒子が降りそそぐ。ひとつひとつの粒子は目には見えないが、確かに存在している。粒子の集合は瞭司が念じる通りに形を変える。ある時は魚になり、ある時は大樹となる。ほうき星のように視界を流れ去り、花火のように美しく散る。より微小な、分子や原子といった単位でさえも〈塵〉は構成できる。形作ることができないものはない。瞭司は紙の上で、夢中で戯れた。

今のところ、この〈塵〉の存在に気付いているのは世界中で瞭司だけだ。これを発表すれば、数学界は大きく揺れる。ムーンシャインや掛谷予想どころではない。あまりの激震に、足腰の弱い数学者や物理学者は振り落とされてしまうだろう。その様を想像するだけで、瞭司は心から楽しくなる。

しかし発表は慎重にやらねばならない。博士の修了直前にふりかかった出来事は、瞭司の記憶から消えることはない。

「きみがここに書いたのは数学ではない。単なるアイデアだ」

しわがれた声が反響する。とっさにウイスキーを流しこみ、記憶をかき消そうとした。

塵の理論は、穴ひとつなく完璧《かんぺき》に作り上げなければならない。発表するのはその後だ。平賀の指摘する余地がない〈正しさ〉が、この理論には必要だった。

ふいに胃のなかで何かが暴れだす。腫《は》れた食道がかっと熱くなる。毛布を蹴飛《けと》ばした瞭司はトイレに駆けこみ、便器に酒を吐き出した。胃酸や消化物とまじりあい、鼻を覆いたくなる異臭が立ち上る。頭痛がふたたび波のように寄せてくる。これもいつものことだった。吐いた物を流し、水で口をゆすぐ。

身体はつらいがこうするしかない。

瞭司は水気を失った髪をかきむしり、ふたたび数の世界へ没入した。


小会議室のドアがノックもせず開けられた。円卓に向かったまま振り向きもしない瞭司に、教務課の女性職員が声をかけた。

「三ツ矢先生。数学特論の講義、とっくに時間過ぎてますよ」

のんびりと振り返る瞭司の目は、下まぶたが垂れ下がったせいで白目の主張が強い。赤い血管がくっきりと浮かんでいる。

「今日、僕だったっけ」

「そうですよ。早く支度してください」

職員が突き出した冊子には、数学特論の担当教員が記されていた。今日の担当は確かに瞭司になっている。手帳を開くと、数学特論、という言葉と一緒に開始時刻が書きつけられていた。十三時。もう一時間も過ぎている。朝確認したはずだが、頭から消えていた。

「ごめんなさい。すっかり忘れてて」

瞭司の酒臭い息を避けるように、職員は顔をそむけた。

「早く行ってください。まだ待ってる学生もいますから」

講義をすっぽかすのは初めてではなかった。遅刻で済むならまだいいほうだ。今年度だけでもう五、六回は無断休講をやっている。生活力がないことは自覚していたが、以前にも増して注意力が散漫になった。

職員に急《せ》かされるまま、教えられた教室へ向かった。三十組ほど椅子と机が並べられているが、着席している学生は片手の指にも満たない。携帯をいじっていた前列の女子学生が顔をあげた。

「あ、来た」

退屈を持て余していた学生の視線が一斉に集まる。瞭司は演壇に立ち、遅刻を詫《わ》びたうえで授業をはじめようとした。学部生向けの講義など、目をつぶっていてもできる。いつものように教科書の適当なページを開かせ、そこに書いてある内容を丸写ししようとした。

しかしチョークを手にしたところで、あの、と男子学生が声をあげた。顔を向けると、眼鏡をかけた背の高い学生が立ちあがっていた。憤然とした顔で暸司を見ている。

「先生は、まともに講義をやる気があるんですか」

暸司は彼の顔をまじまじと観察した。レンズの奥の目はすぼめたように小さく、頭には白髪が交じっている。見た目は暸司よりも年上に見えた。

「僕らは学費を払って大学に通っているんです。ちゃんとそれに見合った教育を提供してもらわないと、困ります。他の授業も勝手に休講にしてるでしょう。真剣に勉強しようとしている学生に不誠実じゃないですか」

今時めずらしい学生だと思った。求められてもいないのに、人前で意見を言う態度は嫌いではない。ただ、誰かに教えてもらおうという心構えが気に食わなかった。本当に学びたければ、勝手に専門書や論文を読んで勉強すればいい。少なくとも、暸司にはそうしてきたという自負がある。

最近、苛立《いらだ》つことが増えた。自分のせいだとは思わなかった。環境が変わったせいだ。自分は何も変わっていないのに、周りの人間はどんどん変わっていく。皆、ころころと居場所を変えてしまうのが不思議だった。

「不誠実だったら、何？」

機嫌の悪さを隠さずに言った。男子学生がひるんだのがわかる。

「受け身で勉強しているから、そういう意見が出るんだよね。不誠実な教員が許せないなら、自分で勝手に勉強すればいい。帰りたければ帰ればいい。学費を払いたくなければ、払わなければいい」

瞭司は演壇を降りて教室を出た。追いかける者もなく、声すらなかった。

あんな授業、僕がやる必要はない。大学院生でもできるような内容だ。それよりも、僕にはやらなければならないことがある。教科書レベルの講義に浪費する時間はない。

小会議室に戻った瞭司は鍵《かぎ》をかけた。また教務課の職員に乱入されてはたまらない。本棚の下の段に入れたカラーボックスを引きだすと、買い置きのウイスキーが現れる。瞭司は躊躇《ちゅうちょ》なく瓶を取ると、グラスに注いで半分ほど飲んだ。ささくれ立った心が鎮まり、焦りが消える。長い息を吐いた。

瓶とグラスをそばに置いて、検討を再開した。数の拡張という難事業に立ち向かうには、アルコールの力が不可欠だった。

例の〈塵〉を的確に言い表す言葉は、数学にも物理学にも存在しない。それならば、自身で作りだすだけだ。

浅い眠りを繰り返しながら、瞭司は何度も新しい数の地平へ潜りこんだ。息が続く限り深く沈み、まどろみから覚めればまた沈む。光が差しこまない深海のなかを手探りで泳いだ。先が見えず、時には行き止まりで引き返すこともあった。同じ通路をぐるぐると回っている時もあった。そうして少しずつ地図を広げながら、直感を頼りに水を掻《か》く。

どのくらいそうしていたかわからない。気づけば夜が明けていた。苛立ちにまかせて教室を飛び出したのが昨日のことだとは思えなかった。もう何年もひとりきりで、この小会議室にいるような気がする。

窓から見下ろすキャンパスには学生が群れている。もう一限の時間は過ぎている。かつてこの部屋にいた者の顔を思い浮かべた。小沼は国数研に移ってから会っていない。熊沢は博士論文のことで頭が一杯で、瞭司の話に耳を傾けようともしない。

佐那はどうしているだろう。

工学部の院に進学してからは、キャンパスで会えば立ち話をする程度だった。最後に会ったのは夏だ。佐那は幾人かの友人と、にぎやかに話しながら歩いていた。佐那が気づいて手を振り、瞭司も手を振り返した。それで終わりだった。

留年していなければ、彼女も来年の春で大学院を修了する。気になると、いてもたってもいられなかった。

起き上がるとまた激しい頭痛が走った。むき出しの脳みそを掻きまわされるような痛み。とっさにウイスキーをあおる。部屋を出ようとして、迷った末にバックパックにウイスキーの瓶を潜ませた。空腹は感じなかった。

工学部に立ち入るのは初めてだった。理学部よりも学生数の多い工学部は玄関ホールもはるかに広く、瞭司はだだっ広い空間に立ちつくした。どちらに行けば佐那に会えるのか。ホールを行き交う学生は瞭司の存在を気にも留めない。

かろうじて学科名だけは記憶していた。案内図から情報科学科の研究室を探すと、玄関ホールとは異なる建屋にあるようだった。

一歩踏み出すたび、ちゃぽん、とバッグのなかでウイスキーが音を立てる。それが瞭司の耳にはアルコールからの誘惑に聞こえた。廊下は学生たちでにぎわっている。すぐにでも酒を流しこみたい衝動を堪《こら》えて、瞭司は歩いた。

ようやくたどりついたのは真新しい棟だった。塗料の匂いが薄く漂う建屋を歩きまわり、研究室ごとに名札を確認する。佐那の名前を見つけたのは五つ目の研究室だった。札の表示は〈不在〉になっている。躊躇しつつ、瞭司はドアを開けた。

雑然とした室内では、パソコンとモニターが存在を主張している。室内で作業をしていた学生たちがそろって振り向いた。皆、正体を探るような目つきをしている。

「あ、すいません。理学部数学科の三ツ矢といいます」

近くのデスクにいた男が、ああ、と思い当たったような声をあげた。瞭司の名前は工学部でも知られているらしい。

「斎藤さんに何か用事ですか」

瞭司は鶏のように激しくうなずいた。

「どこにいるか、わかりますか」

どうですかねえ、と誰にともなく言いながら、男は居室を見まわす。

「あれじゃない。美術館。この間、チラシ配ってた」

部屋の奥から出てきた別の男が一枚のチラシを瞭司に渡してくれた。白抜きのゴシック体で記された〈「光と音」展〉という文字が視界に飛びこんでくる。裏面には会場の美術館への道筋が記載されていた。最寄り駅はここから数駅離れている。上質紙にカラーで印刷したチラシは、学生の手作りには見えない。

「ここにいるかわかんないですけど。携帯に電話するのが一番早いと思いますよ」

痩《や》せた男は早口で言った。瞭司は佐那の電話番号を知らない。

「この美術館にいるんですか」

「斎藤さん、アートとかやるらしくて。よくこういう展示会って言うんですかね、出品してるみたいですよ。よく知らないですけど」

男は逃げるように部屋の奥へ引っこみ、モニターに向き直った。これ以上は情報を得られそうにない。瞭司は礼を言って部屋を出た。

駅まで歩いたところで我慢できなくなり、トイレの個室でウイスキーを飲んだ。煙草の匂いが染みついたトイレで、瞭司は心が落ち着きを取り戻すのを待った。

電車に乗るのは久しぶりだった。最近は学会もサボっているから、大学と自宅とコンビニ以外の場所に行くことは滅多にない。午前中の電車は混んでいた。見知らぬ人たちに囲まれていると、急に口臭が気になった。瞭司は目的の駅に到着するまで口に手を当て、鼻で息をしてやり過ごした。

駅を出ると、眼前に無機質な白い建屋がそびえていた。それが目当ての美術館であることをチラシと見比べて確認し、瞭司は正門へまわった。退屈を持て余したスタッフからチケットを買って入館すると、広いロビーからつながる道は二手に分かれていた。左手は常設展、右手は企画展へ続いている。瞭司は案内に従って右手へ進んだ。

展示の入口には洋館のような扉が据えられていた。重厚な両開きの扉は、打ちっぱなしのコンクリートに不釣り合いだった。そこだけが、唐突に現れた異世界への通路のようだ。瞭司はおそるおそる、扉を押し開けた。

足を踏み入れると、そこは夜空だった。

濃淡のないのっぺりとした黒が四方に広がる。点々と輝くのは星の群れだった。数え切れないほどの星。個々の光の明滅は、星の瞬きとしか形容のしようがない。扉は音を立てて閉まり、瞭司はひとり天体のなかへ閉じこめられた。

不覚にも、混乱していた。漆黒の空間で距離感を失い、唯一の光源である星々へと手を伸ばした。すぐそこにあるように思えたのに、星には手が届かない。宇宙を遊泳しているかのような浮遊感が瞭司を包んだ。

もしかしたら、僕は本当に夜の星空を漂っているのかもしれない。

いつか、佐那と見た星空を思い返した。同時に、孤独を抱えた佐那の瞳《ひとみ》がよみがえる。彼女はきっと今でも、他人には踏みこめない領域を持っている。

酒を飲むよりも強烈な陶酔感に包まれ、思わずしゃがみこむ。扉が外側から開かれたのはその時だった。太陽の光が勢いよく差しこみ、星々は幻のように消えた。人影が逆光のなかにたたずんでいる。

「瞭司でしょ」

高い声がまっすぐ耳に届いた。歩み寄ってきた佐那はダウンコートの裾《すそ》をひらつかせて近づいてきた。瞭司はまだ目がくらんで立ちあがれない。

「どうしたの。具合悪いの」

「平気。まぶしくて」

扉はストッパーでも嚙ませたのか、開け放されたままだった。室内をよく見ると、星のひとつひとつは極小の照明だった。細かく明滅を繰り返す人工の光は、白日の下で見れば何ということはない。演出だけでこれほど印象が変わるものかと感じ入った。

「僕、企画展に入ったつもりだったんだけど」

よろめきながら立ちあがると、佐那がほほえんでいた。髪は入学したばかりの頃のように、長く伸ばしている。

「そうだよ。ここが企画展の入口。これ、あたしが作ったんだ」

佐那は両手を広げて天井を見上げた。

「照明も背景も、プログラムで制御してるんだ。プラネタリウムみたいにきれいじゃないけど、浮遊感があるでしょう。どうだった。面白かった？」

「……すごいよ、本当に」

本音だった。ここから先も展示が続いているらしかったが、暸司は踵《きびす》を返した。ここに来たのは佐那に会うためで、展示を楽しむためではない。一緒にロビーへ引き返しながら、佐那は照れ隠しのようにおどけて言った。

「今さらだけど、久しぶり」

「僕がここにいるって知ってたの」

研究室から電話が来た、と佐那は答えた。さっきの痩せた男が連絡を取ってくれたらしい。冷たく見えたが、案外親切なのかもしれない。

佐那は併設のカフェに入ろうとしたが、暸司が断った。長居すれば、どこかでボロが出そうだった。暸司の身体はすでに自分の意思ではなくアルコールに支配されている。ふたりはロビーのベンチに腰をおろした。

暸司がここにたどりついた経緯を話すと、佐那は堪えきれず笑った。

「皆いい人なんだけど、ちょっと人見知りだから。連絡くれればよかったのに」

「だって連絡先知らないから」

「そっか。後で教えてよ」

平静を保っているうちに、瞭司は最も聞きたかったことを尋ねた。

「もう数学はやらないの」

「今は、それ以外のこともやってみたいの。数学だけが世界じゃないでしょ」

「クマと別れたから？」

佐那は口を開けて笑った。その仕草がやや大げさに見える。

「全然、関係ない。あたし就職するんだ。ソフト会社のエンジニアになる」

エンジニアというのはどんな仕事だろう。数学はやらないのだろうか。きっとやらないのだろう。瞭司は自分のなかで勝手に結論を出した。

会話が途切れ、次に佐那が発した言葉は不穏な気配を帯びていた。

「ねえ。もしかして、お酒飲んでる？」

瞭司は目を伏せた。佐那の怪訝《けげん》そうな視線を感じる。

「ちょっとね」

「大丈夫なの。平日の昼間だよ。講義とかあるんじゃないの」

黙って膝《ひざ》の上のバックパックを見つめた。ここにウイスキーを入れて持ち歩いていると言ったら、どんな顔をするだろう。佐那は瞭司の肩をつかんだ。指が肩に食いこむ。

「お酒、飲まないようにしてたよね。どうしちゃったの。何かあったの」

胸の奥からざわつきが聞こえた。耳を澄ませると、それは瞭司自身が助けを求める声だった。助けてほしい。今すぐに、誰か僕のそばに戻ってきてほしい。そう叫ぶ声を、瞭司は握りつぶした。上京してから身に付いた思いやりがそうさせた。

「久しぶりに佐那と話したかっただけ。元気でよかった」

挨拶《あいさつ》も言わずに瞭司は立ちあがり、出入口へ歩き出した。ちょっと、と佐那が呼びとめる声が聞こえるが、構わず歩き続ける。振り向かずに美術館を出て駅へ向かう。ホームに並び、電車に乗ったところでようやく後ろを見た。佐那はいなかった。

いったん握りつぶした叫び声は戻らない。もう人目も気にならなかった。混みあう車内で瞭司はウイスキーの瓶を取り出し、口をつけて飲んだ。周囲の乗客が瞭司をにらみ、あからさまに距離を取る。何あれ、お酒？　やめてほしいよね、こんな場所で。誰かのささやきが聞こえたが、気にせず飲みほした。

いっそ、このまま終点まで行ってしまおうか。そんな考えがよぎるが、大学の最寄り駅に近づけば足がドアへ向かう。たとえ形式上だとしても、自分の居場所はここにしかない。駅を出た瞭司は、コンビニで新しいウイスキーを買った。

年末の町並みは晴れていたが、どこかくすんで見える。視界を覆う塵は初雪と見まがうほどに美しくきらめいていた。

瞭司は視界を舞う塵を〈プルビス〉とラテン語で呼ぶことにした。学術の世界にはラテン語を尊重する文化がある。フラクタルという言葉の由来もラテン語だ。瞭司は本気で、この新しい概念をアカデミアに認めさせるつもりだった。

プルビス。プルビス。口にしてみると、それが実体を伴うように思えてくる。異臭の漂うアパートの一室で、機嫌よく何度もつぶやいてみた。いずれ、世界中の数学者がこの言葉を口にするようになる。二十一世紀の数学を代表する成果になるだろう。そう信じて疑わなかった。もはや平賀も怖くなかった。

瞭司が恐れるのはただひとつ、酔いが醒める間際の深い絶望だった。万能感が薄れ、不安や焦燥が頭をもたげる。さっきまでの強気が嘘のように、絶望へ突き落とされる。こんな幼稚な理論、受け入れられるわけがない。もう何年も論文を出していないのに、信用されるはずがない。視界を覆う塵をかき消そうともがいてみるが、一向に消えない。

そんな時、酒は瞭司を救ってくれる。アルコールが血中へ移るまでのタイムラグも待てず、水のように焼酎《しょうちゅう》を飲む。頭痛と吐き気はつらいが、それよりも絶望から解放されたいという欲求が勝った。

沈んでいた気持ちが勢いよく高まり、踊りだしたいような喜びが湧きあがってくる。さっきまで落ちこんでいたのが嘘のように楽しくなる。いてもたってもいられず、瞭司は自宅を飛び出した。外に出て、ようやく今が夜なのだと気づいた。今日は確か休日だったと思うが、平日かもしれない。そんなことはどうでもいい。とにかく、熊沢に聞いてほしかった。

プルビス。プルビス。プルビス。

つぶやきながら瞭司は駆け出し、一目散に熊沢のアパートを目指した。ダウンジャケットには腐った雑草のような匂いが染みついている。

すぐに息が切れ、スウェットの内側が汗で湿ってきた。構わず走り続け、アパートの階段を一気に三階まで駆け上る。いつかも同じように、熊沢の自宅へ駆けてきた。大学に入ってからは、何か重大な発見があればずっとそうしている。最初に耳に入れる相手は、いつだって熊沢なのだ。

ドアホンを押す。二度、三度。扉の裏は静まりかえっている。留守にしているのかもしれない。もう二度、ドアホンを押した。室内からかすかに物音が聞こえたような気がした。

「クマ。ねえ、クマ。開けてよ。ちょっと話したいことがあるんだけど。入れてよ。ねえ、いないの。クマ。僕だよ、僕」

廊下に瞭司の声が響き渡る。酒のせいでひどく荒れた喉《のど》からは、老人のようなしゃがれた声しか出ない。

解錠される音がして、熊沢が顔を出した。瞭司は歓《よろこ》びを隠そうともせず玄関へ入ったが、熊沢は部屋の奥へ戻ろうとはしなかった。瞭司が後ろ手にドアを閉めても、玄関に立ったまま腕を組んで瞭司を見つめている。

「クマ、そっち行ってよ。靴が脱げないから」

「お前、うるさいよ」

瞭司は肩越しに部屋の様子をのぞき見た。玄関の照明はついているが、部屋の明かりは落ちている。眠っていたのかもしれない。言われてみれば、熊沢の顔は妙にむくんでいる。

「ごめん。でも、クマに聞いてほしかったんだ。本当、すごいこと見つけたんだ」

「論文になったら読むから。今日は帰ってくれ」

熊沢は目の縁をこすって、大きなあくびをしてみせた。

「ダメだよ。クマと一緒に検討しないと。また穴があったら困るから」

「それも含めて自分でやるんだよ。俺も疲れてるんだって。寝てたんだ、今。平賀先生に博士論文の修正させられて、さっきやっと終わった」

「じゃあ、今から検討できるね」

熊沢は呆《あき》れたように長いため息を吐いた。

「帰れよ。論文になるまでは、暸司の言ってることはただの妄想だよ」

そう言われても、暸司にはピンとこなかった。妄想ではない。なぜなら、今もプルビスは目の前を漂っているのだから。

「どうして信じてくれないの。僕には見えるんだよ。何もかも」

「信じてる。俺は信じてるけど、他の人間は論文見るまで何も言えないんだよ。とりあえず、平賀先生を納得させる論文ができるまで、俺のところにはもう来るな」

また平賀か。あの、どこまでも〈正しさ〉を求める男。

熊沢は無理やり暸司の肩を押して、部屋の外に押し出した。よろめいた暸司は危うく階段から足を踏み外しそうになる。

「帰ってくれ、頼むから」

返事も待たず、熊沢は音を立ててドアを閉めた。施錠の音が外廊下に響く。

暸司はその場に立ちつくした。ここを動こうにも、どこへ行けばいいのかわからない。いよいよ、暸司には居場所がなかった。

隣室の住人が階段を上がってきて、犯罪者を警戒するように暸司を見た。視線をちらりと向けると、あわただしく室内へ姿を消す。暸司は踵を返し、階段を下った。

マンションを出たところにビールの自販機があった。暸司は迷わずロング缶を買った。度数が低いから好きではないが、今は酒なら何でもよかった。口にすると、麦の香りが鼻を抜ける。ビールを片手に家路を歩く。

他大学からの誘いは今でも来ているが、協和大を離れる勇気がなかった。それにここではない場所に移っても、居場所がないのは同じことだ。実家に帰ろうかとも思うが、あの辺鄙《へんぴ》な土地では数学で身を立てられそうにない。熊沢のように教職課程を取っておけばよかった。数学以外の仕事なら、探せばあるだろうか。しかし固い貝のように貼りついたプライドが、それを許さなかった。

それに、プルビスの理論を構築しなければならない。あと五年、いや三年あれば完成できる。すべての数学者がひれ伏す、完全なる理論が。苦しくても、それまではここで踏ん張らなければならない。平賀を見返すまでは。

ロング缶はすぐ空になった。目についた自販機の脇のゴミ箱に捨てる。

頭上を見ると、晴れた夜空に点々と星が浮いていた。こんなにきれいだったかな、と思いながら、瞭司は星に両手を伸ばした。星に手が届くはずもなく、指先は何度も宙を掻いた。しかしそうやって何度も指を動かしていると、次第に星空が近づいてくるような気がしてきた。

夜空は見る間に接近してくる。今度はコンピュータ制御された照明ではない。本物の光る星々が、瞭司を包みこんでいる。

いつの間にか、身体は宙に浮いていた。急に目がくらんで瞼《まぶた》を閉じ、ふたたび開くともうそこに星はなかった。ただ、水中にいるかのように瞭司の身体がたゆたっていた。周囲には無色透明の空間がどこまでも続いている。黒でも白でもない、透明な空間。あえて名前をつけるなら、それは光の色だった。鋭利な音が耳鳴りのように聞こえる。本当に耳鳴りだったのかもしれない。

そこは瞭司だけの世界だった。他には誰もいない。膝《ひざ》をかかえこんで身体を丸める。瞭司にとって、これほど居心地のいい場所はなかった。これが、プルビスの正体なんだ。僕はずっと招かれていたんだ。

僕は永遠にここにいたい。死んでも、ずっと。

鐘のような耳鳴りを聞きながら、瞭司は浅い眠りに落ちた。

11　数の地平

目覚めると、誰かが窓から外を見下ろしていた。

肩の後ろまで伸びた髪。振り向いた顔は聡美だった。

円卓にしがみつくようにして身を起こし、外していた眼鏡をかける。興奮のなごりか、手のひらが熱い。

「雪が降ってる」

聡美につられて外を見ると、確かに白い小片が舞っていた。灰色の雲から純白の雪が生まれ落ちている。

「起こしてくれてよかったのに」

「熟睡してたから。よくそんな格好で寝られるよね」

もう八時を過ぎている。円卓に突っ伏して三十分ほど仮眠を取るつもりが、二時間も眠りこんでいた。体力は学生時代とそう変わらないつもりだったが、ずいぶん衰えているらしい。脂っぽい顔をなでると、伸びはじめた髭《ひげ》が手のひらに引っかかった。

「それ、着替え。あと朝ごはん」

パイプ椅子の上に畳まれた洋服とバスタオル、コンビニのレジ袋が載っていた。ペットボトルの緑茶をつかみ出し、喉《のど》を潤す。おにぎりも入っていた。先日、佐那とこの小会議室でおにぎりを食べたことを思い出し、後ろめたい気分になる。

「こんなことまでさせてごめん」

「別にいいよ。私も久しぶりに研究室来てみたかったから」

「今日の夜も遅くなると思うけど。お義母《かあ》さんにも伝えて。帰れなくてすみませんって」

「もう、いいって」

研究室に泊まりこむことを決めたのは昨夜だった。いつものように検討をしていた熊沢の脳裏に、突如、ひらめきが生まれた。雷が落ちたような衝撃。ひとりきりの小会議室に熊沢の叫び声が響いた。世界が反転したようだった。

すでに終電が近かったが、興奮に急き立《せ》てられるように、電話で聡美に研究室に泊まることを伝えた。翌朝は小沼が研究室へやってくる約束だったから、自宅に帰る時間はない。着替えを持ってきてくれるよう頼むと、聡美は何も言わずに引き受けてくれた。外出している間、娘は近くに住む聡美の母親が面倒を見ることになった。

「せっかくだから、小沼先生に挨拶《あいさつ》して帰ろうかな」

聡美が小沼と会うのは結婚式以来だ。熊沢はおにぎりをたいらげると、バスタオルと着替えを手にした。「さっと浴びてくる」

化学科の実験室にはシャワールームが備わっている。薬品が付着してしまった場合に洗い流すため、という名目だったが、実態は泊まりこみの研究者がシャワーを浴びるために使われている。誰が補充しているのかわからないが、いつもボディソープやシャンプーが置いてあった。熊沢がここを使うのは、教員になってからは初めてだ。

目が覚めてからもずっと、プルビスのことを考えていた。当初考えていた以上に、とんでもない発見になるかもしれない。コラッツ予想の証明がかすむくらいの、もっと大変なことが起こる予感があった。

新しい洋服を着て小会議室に戻ると、聡美が窓際で暸司のノートを開いていた。

「ちょっと」

思いがけず、大きな声が出る。聡美がはっとした表情で振り向いた。熊沢は着替えやタオルを丸めて乱雑に置くと、聡美の手元からノートを取り上げて円卓に置いた。気まずい空気に耐えかね、熊沢は言い訳がましい台詞《せりふ》を口にする。

「これは一冊しかないから。気安く触っていいわけじゃない」

そのひと言で余計に気まずさが増した。聡美は寂しげに、握りしめた拳《こぶし》を見つめている。固く握られた手に彼女の本心が閉じこめられているようだった。熊沢はバスタオルで髪を拭《ふ》くふりをして、視線を隠した。

「そのノートの解読は、今やらないといけないことなの」

肩にタオルをかけて視線を上げると、聡美が正面から見つめていた。熊沢は答える。

「絶対に、今やらないといけない」

聡美はまだ何か言いたげだったが、廊下から聞こえてきた足音へ意識をそらせた。

じきにドアが開き、小沼が顔を見せる。コートの肩に白い雪の粒がついていた。

「こっちにいたか。居室にいないと思ったら」

気まずい空気が立ち消えたことに、内心安堵《あんど》した。聡美が立ちあがって頭を下げる。

「お久しぶりです」

「おや、聡美さん。変わりないですか」

小沼と聡美が立ち話をしている間に、熊沢は散乱した計算用紙やゴミを片付けた。

雑談に区切りがつくと、コートを脱いだ小沼は薄く笑って言った。

「よかったな、例の噂が間違いで」

「ドイツの件ですか」

やはりというべきか、〈ミツヤノート〉解明の噂はデマだった。噂の的になったドイツの数学者チームがみずから、そのような事実はないと否定したのだ。

「しかし、火のないところに煙は立ちませんから」

彼らがプルビス理論の研究に乗り出していることは事実だった。まだ解明には至っていないとはいえ、それなりの進捗《しんちょく》があるからこそ噂が流れたのかもしれない。他にも〈ミツヤノート〉の謎を解き明かし、コラッツ予想解決の栄誉を手に入れようと目論《もくろ》む数学者は少なくない。

「それでは、私は失礼します」

聡美は熊沢の脱いだ衣服やタオルをバッグにしまい、足早に出て行った。ありがとう、と言ってみるが聡美の返事はない。小沼は微笑とともに彼女を送りだし、すぐに数学者の顔になって言った。

「じゃあさっそくやろうか」

四月に国数研を訪れてから、何度かふたりで話した。しかし多忙のせいでまとまった時間が取れず、簡単な進捗の報告に留《とど》まっている。年明けのこの日は、ようやくふたりの休暇がまる一日重なった貴重な日だった。

熊沢は脳裏にこびりついた聡美の寂しげな表情を引きはがした。今はノートの解読が先だ。聡美に見得を切った以上、半端なことは許されない。

「まずはこれを見てください」

円卓をはさんで向かいに座った小沼に論文のコピーを差し出す。

「コラッツ・フラクタルです」

無限に同じ構造をもつ、不可思議な図形。小沼はたいして面白くもなさそうな顔で熊沢の説明を聞いた。

「コラッツ予想とフラクタルの関係なら知っている。少しネットで調べれば出てくる」

熊沢は構わず続ける。

「私はプルビスという言葉が、特定の関係や現象を示しているのだと思っていました。でも、それは勘違いだったんです」

小沼は説明を求める代わりに沈黙していた。急に話題が転換したため、話すべき言葉を失っている。熊沢は話しながら、みずからの予想が確信に変わるのを感じた。ひと際声を高くする。

「プルビスというのは、〈新しい数〉なんです」

数学の歴史は、数の概念が拡張されてきた歴史でもある。自然数から整数が生まれ、さらに有理数が、実数が、複素数が生まれてきた。新しい数の概念が生まれるたび、暗闇と思われていた箇所に光が当たる。数学者たちはそうして少しずつ、数学の領域を拡大してきた。

プルビスはそれに連なる、新しい数の概念だ。熊沢には、プルビスが数学の地平を切り拓《ひら》く予感があった。

「この概念には物理学が深く関係しています」

熊沢はかたわらに積みあげられた書籍の山から専門書を抜き取った。

「ノートには、物理の言葉は登場しないんじゃなかったか」

「ええ。ただ、暸司がどんな仕事をしてきたか、もう一度考え直したんです」

〈塵〉という言葉が重要なヒントだった。いや、ヒントというよりもほとんど答えだった。抜き取った専門書を小沼に手渡す。表紙を目にした小沼が叫んだ。

「〈超弦理論〉！」

熊沢の専門である弦理論をさらに拡張したのが、超弦理論である。

物質を構成する最小単位は、先端機器でも観測できないほど小さい。砂粒よりも分子は小さく、分子よりも原子は小さく、原子よりも素粒子は小さい。それら微小なものの挙動を説明するために生み出されたのが超弦理論だった。

「プルビス理論に登場するいくつかの造語は、超弦理論の言葉に置き換えられます」

熊沢は一夜を費やして書きあげた検証結果を差し出した。紙束を一瞥《いちべつ》するなり、小沼はうなった。暸司のノートに使われた言葉をそれらに置き換えれば、辻褄《つじつま》が合うのだ。

「そして、おそらくプルビス理論を用いることで、コラッツ・フラクタルだけでなく、フラクタル全般を扱うことができるんです。コラッツ予想の証明が本物なら、他の未解決問題にも応用できるかもしれない」

まだ思いついてから一日と経っていないのに、熊沢ははっきりと確信していた。

「フラクタルになるものなら、何でも？」

「その通りです」

「なら、素数分布にも応用できるのか。リーマン予想にも？」

小沼はかすれた声でつぶやいた。

リーマン予想の鍵《かぎ》となる素数分布は、コラッツ予想の操作と同様、フラクタルを導くことが知られている。プルビス理論がフラクタル現象全般へ応用できるならば、三世紀にまたがる素数分布の謎が解かれる可能性がある。すなわち、数学者と素数の戦いに終止符が打たれるかもしれないのだ。

熊沢は昨夜、天啓のようにそのことに気づいたのだった。瞭司の仕事は正真正銘、数学史に名を残すものになる。静かに語る小沼の口調には熱がこもっていた。

「この理論は、数学者にとって最高の武器になる」

高揚感と同時に、深い後悔が熊沢を襲っていた。あの時、少しだけでも瞭司の話を聞いていれば。もっと早く気づいていたのに。

小沼は頭の後ろに手を置き、笑顔とも渋面ともつかない顔をした。「しかし超弦理論とはな」

「弦理論をやっている私がすぐに気づけなかったのが残念です」

「無理もない。このノートを一読しただけでは、数学かどうかもわからない」

冗談ではなかったらしく、小沼は真顔でノートをめくっている。

「しかし、まだ検証が完了したわけではないんだろう」

「実は昨夜気がついたところです」

攻略の手がかりはつかんだが、瞭司が見た風景にはほど遠い。いったいどれほどの時間をかければ瞭司に追いつけるのか。熊沢はひらめきの喜びも忘れて、途方に暮れかけた。

「問題を解くことに挫折《ざせつ》はない」

小沼がぽつりとこぼしたひと言は、熊沢の記憶を刺激した。聞き覚えのある台詞だった。うつむき加減になると小沼の鼻の高さが目立つ。端整な顔立ちをゆがませて言う。

「いつ聞いたか忘れたけど、瞭司が言ってたよ」

「その台詞、私も聞いたことあります」

「そうか。口癖だったのかな」

今解けなくても、死ぬまでに解けばいい。自分に解けなければ、他の誰かが解けばいい。だから問題を解くことに挫折はない。この部屋のどこかに瞭司がいて、熊沢たちに語りかけているような気がした。

「私たちは、瞭司の何を知ってたんですかね」

若い瞭司の顔と、亡くなる直前の老けこんだ瞭司の顔が交互に浮かぶ。すっかり別人になってしまったように思えたが、本当は何ひとつ変わっていなかったのかもしれない。変わったのは、小沼や、佐那や、熊沢のほうだったのかもしれない。

「何も知らなかったんだろうな」

小沼は回想に終止符を打つように、はっきりと言った。ここに集まったのは、感傷に浸るためではない。数学をやるためだ。

「さあ、はじめるか」小沼は円卓の向こうから腕を伸ばして熊沢の肩を叩いた。

そうだ。小沼先生はこういう人だ。前向きで、学生たちには平等で、鈍感で、自分勝手で、やや強引。その強引さが今は頼もしかった。

熊沢と小沼は日暮れまで検討を続けた。熊沢の着想をもとにすべてのページを通読し、課題をリストアップした。細かい点をふくめれば課題は数百にも及んだが、絶望感にはさいなまれなかった。高校生のころ、数学オリンピックの会場でたった数問の問いを前に絶望していたのが嘘のようだった。

夢中になるあまり、ふたりは昼食を抜いて検討を続けた。木下が研究室に来たのは、空腹に耐えかねて集中を切らした頃だった。

「先生、ご無沙汰《ぶさた》しています」

木下はブランドもののトレンチコートに積もった雪を廊下で払い、部屋に入った。オーダーメイドのスーツは大柄な木下の身体にぴたりと合っている。就職先の実入りがかなりいいということは、木下本人から聞いていた。

都内で就職した木下とは、教員になってからもたびたび会っている。小沼が大学に来ると伝えると、木下は仕事を切り上げて遊びに行くと約束した。

「今でも坊主なんだね」

小沼に言われると、楽なんで、と木下が学生のように笑った。

「雪、まだ降ってるんですか」

「知らないのか。今、すごい雪だぞ。電車遅延してるし」

いつの間にか窓一面に雪の粒がはりつき、外の様子がうかがえなくなっていた。そういえば、最後に瞭司と会ったのも大雪の日だった。

夕食に出前を取ることにした。大学近くの中華料理屋に電話を入れた木下は、円卓に広げられた瞭司のノートをのぞきこむ。

「これが例のノート？　汚い字だなあ」

小沼が笑って返す。「海外の研究者がこれを解読できるのか、不安になるね」

「意味を理解する前に、なんて書いてあるかがわからないですよね」

瞭司のノートを再発見してからというもの、懐かしい人々と再会することが増えた。

皆、暸司の放つ光に吸い寄せられるようにノートの周りへ集まってくる。発見者である熊沢も、そのひとりに過ぎない。

「あ、そうだ。クマ」木下が懐から取り出した手帳のページを破り、熊沢に手渡した。電話番号らしき数字が走り書きされている。

「電話でクマと会うって田中に言ったら、その番号伝えといてくれって」

田中とは今でも連絡を取り合っているらしい。

「なんですか、これ」

「田中からのプレゼント、らしい。電話かければわかるってさ」

直接言えばいいのに、あいかわらず面倒な人だ。ふっ、と笑いが漏れた。

「なんか田中君らしいね、その伝え方」

小沼も噴き出した。変なやつでしょ、と木下が言う。

時が十年以上も巻き戻されたような気がした。熊沢は落ち着かない気分で周囲を見回したが、どこにも暸司のほほえみは見つからなかった。

そうか、暸司は死んだんだな。

その瞬間、初めて熊沢は暸司の死を事実として認識した。

12　不滅の命

視界には四六時中プルビスが舞っている。

両手でペットボトル入りの焼酎《しょうちゅう》をつかみ、抱えるようにしてスーパーの店内を歩く。四リットルもある酒は懐でむやみに重量を主張していた。膝《ひざ》が痛むせいで、ゆっくりとしか歩くことができない。通りかかると、買い物客は皆通路を空ける。瞭司は彼らをにらみつけながらレジへ進む。避けられている理由が思い当たらない。風呂《ふろ》には隔日で入っているし、服も洗剤は使っていないが水で洗っている。多少は匂うかもしれないが、見た目にはごく普通のはずだった。

ようやくたどりついたレジで会計を済ませ、焼酎を抱いて店を出た。近所にあったコンビニがつぶれてからは、もっぱらこのスーパーマーケットで酒を買っている。少し歩くが、値段が安いのは助かる。

すぐにでも家に帰って飲みたいが、関節の痛みで思うように歩けない。アパートにたどりつくまでまだ十五分はかかる。立ち止まると、忘れかけていた脇腹の痛みがよみがえってきた。このところ、刺すような腹痛にたびたび襲われている。通院する経済的余裕はなかった。

「燃料補給だ」

言い訳めいた口調でつぶやくと、瞭司は買ったばかりのボトルの蓋《ふた》を開けた。ガードレールにもたれ、口をつけて慎重に傾ける。二十五度のアルコールが一気に体内へ流入する。久々に飲む濃い酒だった。満足したところで蓋を閉めると、ああ、とうめき声が漏れた。

通りの逆側を、女子学生の集団が瞭司に目もくれず歩いていくのが見えた。ぼんやり見ていると、いきなり二人組の警官に声をかけられた。

「あなた。ちょっと、いい」

職務質問には慣れている。質問に答え、おとなしく免許証を見せる。免許を取ってから一度もハンドルは握っていない。握る機会があったとしても、この状態では運転できないだろうが。

「仕事は」

「無職です。少し前まで、協和大学で教員をやってました」

「協和って、そこの？」

二人組のうち若いほうが驚いてみせた。

「去年の三月まで。数学科の助教でした。これのせいでクビになっちゃったけど」

瞭司は焼酎のペットボトルを指さしてみせる。おどけたつもりだったが、年かさの警官は顔色を変えない。端《はな》から信じていないようだった。

「家あるんでしょう。お酒飲むなら、家で飲んでよ。ここはみんなが使う道路だからさ。あなたがお酒飲む場所じゃないわけ」

頭の片隅では絶えずプルビスが飛んでいた。くどくどと説教する警官の顔に紗《しゃ》がかかったように見える。黙って説教を聞き、すいません、と謝る。それで終わりだ。背を向けた警官たちを見送り、瞭司はふたたび歩き出した。

時間をかけてアパートにたどりつき、二階の角部屋に入る。ドアを開け閉《た》てするたび、大型のポリ袋に詰めこんだ瓶やプラスチックが音を立てる。行き場をなくしたゴミは浴室やトイレにまであふれていた。片付けなければいけないと思いつつ、関節の痛みやけだるさに負けて、結局は寝て過ごす。室内も野外と変わらず寒いから、ダウンジャケットを着たまま毛布をかぶった。

焼酎をグラスに注ぎ、水道水で倍に薄める。まずいが節約のためだ。

敷きっぱなしの布団は雑巾《ぞうきん》のように平たくなっている。酒をこぼしたところにカビが生えていた。ティッシュで拭《ぬぐ》っても落ちないから、そのままにしている。

焼酎をちびちび口へ運ぶ。実家への仕送りはずいぶん前にやめてしまった。貯金を切り崩す生活では、親へ渡す金どころか自分の生活すらままならない。アパートの家賃と酒代だけは削れない。酒はウイスキーから安焼酎に代わり、飲み方はストレートから水割りに変わった。

しかし大学をクビになって、いいこともあった。数学に使える時間がずっと増えた。頻繁にサボっていたとはいえ、大学教員として雑用に使う時間は馬鹿にならなかった。仕事をやめると、そのことがよくわかる。

プルビス理論の構築は佳境に入っている。曇ったグラスを片手に、瞭司は大学ノートを開いた。ここには、数年間にわたる研究成果のエッセンスを記録している。このノートをもとに論文を発表すれば、瞬く間に世間の注目が瞭司に集まるはずだ。世界中の数学者がこのアパートに詰めかけて教えを乞《こ》う。構わずとも金は入ってくる。そうなれば、またストレートで酒が飲める。気が大きくなった瞭司はグラスの焼酎を飲みほした。

次の瞬間、瞭司は昏倒するように意識を失った。

目が覚めると夕暮れだった。

ああ、今回も生きていた。目覚めるたびにそう思う。もうずっと、まともな睡眠をとっていない。常に起きているようで、常に眠っているような状態だった。時おり前触れなく意識を失い、数時間経つと目が覚める。焦点の定まらない意識で過ごし、そのうちまた電池が切れたように昏倒するのだ。

酔いが醒《さ》めかけている。あわてて水割りをつくり、また少しずつ口に運ぶ。

真冬の夕暮れは赤みがかっていた。クマは今ごろ、どうしているだろう。海を隔て、はるか遠方で過ごしているであろう熊沢のことを思った。

熊沢には、出立の間際まで拒絶されたままだった。無事に博士論文を提出した熊沢は、三月にアメリカ南部へ飛び立った。平賀がかつて教授をしていた大学に、研究員として採用されると聞いた。最低でも三年はそこで過ごすらしい。

研究室の学生から引っ越しの日付を聞きつけ、その日は朝からアパートの前で引っ越し業者を待った。昼過ぎに業者のトラックが停まり、熊沢の部屋から家財道具を運び出す。そのタイミングを狙って、瞭司は部屋のドアホンを押した。

躊躇《ちゅうちょ》なく開いた扉から顔を出した熊沢は、うんざりした顔を見せた。

「なんだよ」

「そこ通りかかったら、引っ越ししてたから。あれ、アメリカに送るの」

瞭司は階下を見下ろした。若い男たちが冷蔵庫をトラックに積んでいる。

「実家に送る。アメリカでは寮生活するつもりだから」

「へえ、そうなんだ。いいね。アメリカにはいつ行くの」

「あさって。悪い、忙しいから」

奥に引っこもうとした熊沢の腕をつかんだ。熊沢は疎ましそうに、瞭司の顔と手を見比べる。

「いいかげんにしろ」

「なんでそんなに避けるの」

「だから、別に瞭司のこと嫌いになったわけじゃないんだって。ただ、そろそろお互いに、自分の生活を大事にしたほうがいいって思ってるだけ」

今さら何を語ったところで、熊沢は去ってしまう。あさってになれば日本からいなくなる。周りにいた人たちは、ひとり残らず消えてしまう。瞭司には耐えられなかった。せめて、次にいつ会えるのか知りたかった。つかんだ手を離さずに言う。

「じゃあ、日本に戻ってきたら連絡してよ」

熊沢は、自分の腕をつかむ瞭司の手を見下ろした。枯れた爪がひび割れている。

「わかった。絶対に連絡する」

真剣な声音だった。少なくとも、期待することができるくらいには真剣に聞こえた。瞭司が手を離すと、じゃあ、と言い残して熊沢は部屋の奥へ消えた。閉まったドアはふたりの関係を断つ壁に見えた。

あれからもうすぐ三年になるが、熊沢とは一度も会っていない。

落胆はなかった。別れ際に言われたことを百パーセント信用していたわけではない。

それに最低三年はアメリカにいる予定だったのだ。単に帰国していないだけかもしれない。もしくは、連絡しようにもできないのか。

どう考えようが、会っていないという事実は変わらないのだから空しいだけだった。解雇を言い渡されたのは昨年の一月だ。瞭司を呼び出したのは平賀だった。教授室の応接ソファで向き合った平賀は、他人事のようにため息をついた。

「どうして、こうなったんだろうな」

平賀にしてはめずらしく、言い淀《よど》んだ様子だった。古びたジャケットの裾《すそ》を払ったり、シャツの皺《しわ》を伸ばしたりして時間を稼いでいる。

「実家は四国だったか」

「はい。田舎ですけど」

「いいところなんだろうな」

家の裏にある広大な森を思い起こした。ここに来て、少しはあの森の美しさを表現する術《すべ》を身に付けられただろうか。平賀が身を乗り出した。

「今年度限りで、大学はきみを解雇することに決めた」

瞭司は驚かなかった。飛び級卒業を伝えるのは学部長なのに、解雇を告げるのは教授なんだな、と呑気《のんき》なことを考えていた。平然とした瞭司の態度に、平賀のほうが肩透かしを食ったようだった。

「……わかっていたのか」

「いつかはそうなるだろうと思っていました」

熊沢がアメリカに発《た》ってからは、輪をかけて人づきあいがなくなった。朝夜を問わず、鍵《かぎ》をかけた小会議室で酒を飲みながらプルビスについて考えた。気が向いた時だけ講義に出て、勝手な内容を話す。暸司のアルコール依存症は公然の秘密と化していた。大学は飛び級卒業を認めた手前、何かとかばってくれたものの、それも限界に達したらしい。

「わかっていたなら、どうして酒をやめなかった」

つい失笑した。また〈正しさ〉だ。平賀はどこまでも正しい。この人はきっと、何かに依存するということを知らない。平賀の強さが暸司には心底うらやましかった。

「やめられるものなら、やめたいんです」

目の縁からこぼれ落ちる涙まで、酒の匂いがした。

小沼からの手紙が来たのは二月の頭だった。

玄関ドアに備え付けの郵便受けには、常にビラが押しこまれている。ずいぶん前から捨てていないせいで紙が詰まっていた。しかしその封筒は折り目をつけず、うまい具合に郵便受けに挟まれていた。スーパーから帰宅した暸司は不自然に突き出た封筒に目をやり、手書きで自分の名前が書かれているのに気づいて引き抜いた。差出人は小沼繁行《しげゆき》。かつて故郷に住んでいた頃、小沼と文通していたのを思い出した。開封すると、便箋《びんせん》が一枚だけ入っていた。

久しぶりに研究室を訪ねたら、大学を辞めたと聞いて驚いた。近いうちに食事に行こう。よかったらこの番号に電話がほしい。そんなことが書いてあった。

三度繰り返し読んだ後、便箋を元通りに折りたたんで封筒へ戻した。それから立ちあがり、自宅を出た。小沼に電話をかけるためだ。携帯電話はとっくに解約していた。公衆電話はずいぶん減ったが、大学の生協前にあるのを覚えていた。暸司は足を引きずるようにして、キャンパスまでの道のりを歩いた。

かつては十分とかからなかった距離が倍以上もかかる。正門を入ろうとしたところで警備員ににらまれたが、呼びとめられはしなかった。

年度末の大学にはよそよそしい雰囲気が漂っていた。卒業を控えた学生たちの、行き場のない寂しさがあふれているせいかもしれない。中央にそびえ立つ理学部棟はキャンパスのどこからでも見える。あの小会議室はどうなっているのだろう。気になったが、研究室を訪れることはははばかられた。

生協前の公衆電話はまだ残っていた。小銭を投じてボタンを押すと、コールが一度鳴っただけで女性が出た。国立数理科学研究所です、といやに早口で言う。暸司が名を告げると、今度は電話口で少し待たされた。四枚目の小銭を投じるころにようやく小沼が出た。

「もしもし、瞭司か」懐かしい声に、思わず瞭司ははしゃいだ。

「小沼先生。手紙、ありがとうございました」

「ああ。大学辞めたんだろう。どうした？　平賀先生に聞いてもよくわからないし」

「……色々あって」

「一度、会って話そう。瞭司は居酒屋よりも喫茶店のほうがいいか」

小沼はまだ、瞭司が酒を飲んでいることを知らないようだった。平賀はそのことを黙っているのかもしれない。

「居酒屋でいいですよ。僕もお酒飲むようになったんです」

「そうか。無理するなよ」

小沼は国数研の近くにあるというビアレストランの名前を口にした。

通話を終え、浮かれた気分で帰宅した。すれ違いざまに目が合った学生は、野良犬を見るような目をしていた。

その日が来るのを、瞭司は指折り数えて待った。博士を修了した時の指導教官は平賀だが、瞭司にとっては小沼こそが本当の意味での恩師だった。田舎の高校生だった瞭司を導き、一人前の数学者に育てあげてくれた小沼。瞭司の数学者人生の集大成ともいえるこのプルビス理論を披露し、あっと言わせたい。よくやったな、と褒めてほしい。

当日、シャワーを念入りに浴びてから、何を着るべきか迷った。

人と会うのはおよそ一年ぶりだ。スウェットとダウンジャケットではさすがにまずいだろう。衣装ケースをひっくり返し、クリーニングに出したまま埃《ほこり》をかぶっているスーツを出した。入学式で出番のなかったスーツは、その後数えるほどしか着ていない。これなら少しはまともに見えるはずだ。

シャツとズボンに身体を通して違和感に気づいた。腹や腿《もも》のあたりで生地が余ってだぶついている。痩《や》せたせいだ。ベルトの穴の一番細いところで締め上げ、固定する。

瞭司はあらためてユニットバスの鏡の前に立った。そこにいるのは、痩せこけてトカゲのような顔をした男だった。肌は樹皮のようにかさつき、黒ずんでいる。白目が黄色く濁り、肩まで伸びた髪は作り物のように艶《つや》がない。口角や目尻《じり》に刻まれた皺のせいで、三十歳よりはるかに老けて見えた。

電車に乗るのもひと苦労だった。国数研の最寄り駅へは乗り換えが必要だったが、どこでどう乗り換えればよいかわからない。駅員をつかまえて十五分ほども話をして、ようやく道順を把握した。説明してくれた駅員は疲弊していた。

店に到着すると、奥の個室へ案内された。調度品は木製で統一され、橙《だいだい》色の明かりが淡く店内を照らしている。個室には長いテーブルに十脚も椅子があった。ふたりで会うのだと思っていた瞭司は店員に確認したが、確かに小沼の名で予約されていた。

やがて小沼を先頭に、数人の男女がにぎやかに個室へ入ってきた。小沼は朗らかに笑いながら、瞭司の隣に腰をおろす。「悪い、待ったか」

「いや、あの、この人たちは？」

見知らぬ人々も各々テーブルについた。薄暗い店内のせいで、顔がよく見えないのも気味が悪かった。だいたい小沼と同じくらいの年代らしい。

「俺の職場の同僚。瞭司に会うこと話したら、皆会いたいって言うから。ちょうど席も空いてたし連れてきたんだ。なんたって、あの三ツ矢瞭司だからな。群論、フラクタル、その他もろもろ。掛谷予想もな」

彼らが向ける視線は期待に満ちていた。その期待感に押しつぶされそうになる。酒が切れかかっていたこともあり、瞭司はすっかり萎縮《いしゅく》していた。

小沼はビールや料理を注文すると、ふと瞭司の顔をまじまじと観察した。

「ずいぶん痩せたな」

「そうですか。体重計持ってないんで」

「体調悪いのか」

「ちゃんとごはん食べてないせいかな。生活リズムも最近バラバラで」

苦しいごまかしだったが、小沼はそれ以上聞かなかった。何かに勘づいたのか、神妙な顔で暸司の顔を眺めるだけだった。早く酒がほしい。ビールが運ばれてくるまでの数分間が、数時間にも感じられた。

乾杯するなり、暸司は一気にジョッキの半分を飲みほした。味など感じない。酔えれば何でもよかった。アルコールが回ると、目の前がちかちかと点滅する。視界を舞うプルビスと相まって、美しい光景だった。

小沼と交替で隣の席に座った年上の女性が、目を輝かせて尋ねた。

「三ツ矢さん、今はどんな問題に取り組んでいるんですか」

酒が回ってきた暸司は、やや口がなめらかになっていた。

「ここ最近はずっと、新しい理論の構築をやっています」

「やっぱりフラクタルの分野ですか。それか、小沼さん直伝の岩澤理論?」

「いや、今はプルビスです」

「プルビス?」

ジョッキを空にしてから、暸司は応じる。

「そう。プルビスはすべての数をふくむ。だから僕は塵《ちり》という名前をつけたんですね。最小単位であり、最大の集合であるという……今もほら、ここにあるんですよ」

暸司は目の前を漂う空間を指さした。話し相手はぽかんと口を開けている。

「僕はね、クォークの先を説明できると思っているんです。だってそうじゃないと、辻褄《つじつま》が合わないんですよ。実験的に証明できないからってそれをないものとして扱うのはおかしいでしょう。僕はあの実験主義というのかな、そういうのが好きじゃないんです。あなたも数学をやる人ならわかるでしょう」

戸惑いの表情を浮かべたまま、彼女は別の話題へ転じた。

「三次元の掛谷予想に貢献したあの仕事は、感動しました。あれが博士の学生の仕事だというのが信じられなくて……」

「あんなもの」二杯目のビールを胃袋に流しこむ。おなじみの頭痛が襲ってくる。

「僕は数学者じゃない。ただのアイデアマンです。あなたもそう思ってるんでしょう。僕に〈正しさ〉が欠けていることを、心の底では馬鹿にしているんでしょう」

女性は引きつった表情で、黙って席を立った。

瞭司の周囲に次々集まってくる数学者たちは誰もが期待に満ちていたが、やがて幻滅して離れていった。瞭司の言葉を理解できる者はひとりもいなかった。

最後に近づいてきた男は、すでに泥酔していた。

「大学、どうして辞めちゃったんですか」

赤ら顔の男は、なれなれしく瞭司に身体をすり寄せた。

「協和大はさすがだなあ、と思いましたよ。同じ研究室に平賀先生と三ツ矢先生がそろってるんだから、学生は幸せですよねえ」

「僕は不幸せでした」

え、と男が聞き返した。瞭司は苛立《いらだ》ちまぎれに絶叫した。

「僕は不幸せでした。小沼先生に捨てられて、皆いなくなった。僕の周りにいた人たちは、僕の知らないところでそう決めたみたいに、皆一斉にいなくなった。僕は寂しかったですよ。ずっと寂しかった。ひとりぼっちなら研究室にいる意味はない。だから大学なんか辞めてやったんだ」

テーブル全体が静まりかえった。様子を見に来た店員は目が合うとおびえたように顔をひっこめた。

「出よう」端の席にいた小沼が歩いてきて、瞭司の肩にやさしく手を置いた。数学者たちが瞭司を見送る視線には、もう期待はこめられていなかった。

小沼に連れられたのは、裏通りにある個人経営の居酒屋だった。引き戸を開けると戸車がきゅるきゅると鳴る。かきいれ時だというのに客はまばらで、辛気臭い男ばかりがカウンターで静かに飲んでいた。ふたりはテーブル席につき、焼酎を頼んだ。

「ちょっと汚いけど、静かで落ち着くだろう」

運ばれてきた焼酎のロックを、小沼はうまそうに飲んだ。瞭司の目の前にも同じものが置かれる。手をつけていいものか迷い、じっと見ていたが、じきに我慢できなくなった。グラスを満たしていた液体を胃のなかに収めると、暸司はぼそりと告げた。

「アル中なんです、僕」

その言葉にカウンターの客が振り向いたが、すぐ前に向き直った。

「あんなにアルコール避けてたやつがな」

アル中、と嚙《か》みしめるように反復して、小沼は前髪をかき上げた。

「大学クビになったのも酒のせいなんです。講義もできなくなって、何もかもダメになったんです。きっと小沼先生は悲しむと思ったけど、どうにもできなくて」

「もういいよ。わかった」

制止する小沼の声は穏やかだった。あまりに穏やかで、よそよそしく感じられるくらいだった。いっそ、叱り飛ばしてほしかった。

「いきなり彼らを連れてきて、悪かった」

「ごめんなさい。あんなことを言いたかったんじゃないんです」

「いや。俺は暸司やクマを捨てた。そう言われてもしょうがない」

かなり飲んでいるはずだが、小沼の口調からは酔いが感じられなかった。暸司も頭痛ばかりがひどく、高揚感とはほど遠い。気分が暗いのは、この店の落ちくぼんだような雰囲気のせいだけではなかった。

「先生は数学者のまま死ねそうですか」

「言っていたじゃないですか。数学者として死なせてくれって」

「数学者のまま？」

二杯目の焼酎を口にすると、急に視界がねじ曲げられた。小沼の顔が蛇行した川のように細長くなり、耳鳴りが響きだす。あの耳鳴りだ。ぱっと目の前で火花が散り、瞭司はテーブルに突っ伏した。グラスが転がって床に落ち、派手な音を立てて割れた。カウンターの客がふたたび振り向き、おいおい、と口走った。小沼が肩を揺さぶる。

「大丈夫か」

瞭司は腕の間から目だけで小沼を見た。

「先生は、僕を連れてきたこと、後悔していますか」

小沼は激しく首を振った。

「後悔はない」

そう言ってから、小沼は視線をそらした。

「……ただ、瞭司がいなければきっと国数研には来なかった」

瞭司は頭に血がのぼる音を聞いた。僕のせいだっていうのか。叫んで暴れだしたい気分だったが、身体が重いせいで上体を起こすのが精一杯だった。

小沼はまだ何か言い足りないようだったが、黙って後片付けをしていた。店主から受け取ったバケツにガラスの破片を集めて、雑巾で床を拭《ふ》く。後片付けが終わる頃、瞭司の感情はようやく平静を取り戻した。ただし、目の前で散った火花の跡はまだ消えていない。閃光《せんこう》の向こうに小沼の顔がかすんで見えた。

「数学はまだやってるのか」

ふふっ、と瞭司は笑った。その質問をずっと待っていたのだ。

「僕の視界にはいつでもプルビスが飛んでいます」

自信たっぷりに言う瞭司の顔を見て、小沼は力なくほほえんだ。


水気をたっぷりとふくんだ、重い雪だった。骨の折れた傘では雪を防ぎきれず、瞭司の足や腕を濡《ぬ》らしている。破れたスニーカーに染みこんだ水は皮膚を切るように冷たい。四リットルの焼酎を後生大事に抱えて、瞭司は家路をゆっくりと歩いた。

積もった雪の重さに耐えかね、瞭司は傘を道端に捨てた。空から降りしきる雪の粒が、じかに瞭司の顔や手を濡らす。頭上には濃灰色の雲が広がっている。

目の前で光が炸裂《さくれつ》した。耳鳴りが響き、全身に力が入らなくなる。下腹部が焦がされるようにじりじりと痛む。ペットボトルを抱えたまま、瞭司は道端にしゃがみこんだ。小沼と会ったあの日以来、たびたびこの現象に襲われている。いったん起こると、しばらくは何もできない。痛みが去るのをじっと待つしかなかった。凍えるような寒さのなかで、瞭司は額に脂汗を浮かべていた。

最近、考えるのは死ぬ時のことばかりだ。

今ここで死んだとして、プルビス理論はどうなるだろう。論文の草稿は大学ノートにまとめているが、遺品として処分されれば、プルビス理論も瞭司の遺体とともに永遠に葬られることになる。

それだけは避けなければ。肉体が消えたとしても、瞭司は理論として生き続けなければならない。数学者はいつか死ぬが、数学者のつくった理論は何百年と生き続ける。プルビス理論は何世代先までも存続し、数学の版図に組みこまれなければならない。誰かに託されなければならないのだ。

託すべき相手はひとりしかいない。

しかし、果たして彼が跡を継いでくれるだろうか。彼には彼の世界があり、やるべき仕事がある。得体の知れないひとりよがりの理論が、彼の目に留まるとは思えない。

せめて会えれば。会って、伝えられれば。

いくらか回復すると、瞭司はふたたび歩き出した。横殴りの風と一緒に大粒の雪が全身を濡らす。

アパートの前に立つ人影を認識したのは、かなり近づいてからだった。コートを着た背の高い男が、階段の下で傘をさしている。革の手袋をはめた指で眼鏡を押しあげ、男は酒を抱えた瞭司に歩み寄った。瞭司の目からもう涙がこぼれていた。

「クマ」涙と雪がいっしょくたになって、暸司の顔を濡らした。

「約束、守ってくれたんだね。もう日本に戻ってきたの」

熊沢は呆《あき》れたように言う。

「一時帰国。電話くらい持っとけよ。誰もお前の連絡先知らないから、アパートで待つしかなかったんだぞ。この寒いなか」

「ごめん。本当にごめん」

暸司は子供のように泣きじゃくりながら謝った。その痩せこけた身体や、腕のなかに抱えた焼酎のボトルに視線を移しながら、熊沢は何も言わず、暸司の後ろについて階段を上った。

しかし部屋のドアを開けると、耐えきれないように鼻を手で覆った。

「どうしたんだよ、この部屋」

真冬だというのに大量の羽虫が足元を飛び、玄関の隅にはウジがわいていた。積みあげられた瓶やボトル、食べ残しのゴミのせいだ。アルコールと嘔吐《おうと》物の匂いが鼻をつき、熊沢は部屋に入るのを躊躇した。「一日中ここで酒飲んでるのか」

暸司は聞こえないふりをして、部屋の奥へと入っていった。

「靴、脱がなきゃだめか」

「そのままでもいいよ。気になるなら」

熊沢は迷いつつ、革靴をはいたまま足を踏み入れた。コートの裾が部屋のものに触れないよう注意しながら、慎重に一歩ずつ進む。

部屋の奥も似たような状況だった。敷きっぱなしの布団の上だけが空白地帯で、あとは床が見えないほどゴミに囲まれている。そのほとんどが酒瓶やペットボトルだった。暸司は布団の上で平然とあぐらをかいている。枕元の座卓には論文や専門書が散乱していた。

熊沢は立ったまま、話しだした。

「アルコール依存症なんだろ。小沼先生に聞いた」

言葉の端々に軽蔑《けいべつ》の色がにじんでいる。部屋にまで入れて隠すつもりはなかったが、それでも暸司は傷つかないわけではなかった。熊沢はうつむいた暸司の表情よりも、部屋の隅で舞う羽虫を気にしていた。

「しかしここまでとは思ってなかった。ゴミ屋敷だろ、これ。もう酒飲むのはやめろ。まずは家族に相談しろ。難しいならどこか施設でも入れよ」

「施設なんて、病気みたいだ」

「病気だよ、お前は」

こんな話がしたいわけではない。熊沢にはプルビス理論を受け継いでもらわなければならないのだ。暸司は大学ノートを突き出した。この数年間の研究成果をまとめた一冊。

「ねえ、これ見てよ。このノート。僕の集大成なんだよ」

熊沢はノートを受け取らなかった。ただ腕を組んで、関心の薄い目で見下ろすだけだった。仕方なく、瞭司は差し出した手を引っこめた。

「俺に見せるんじゃなくて、論文にしたほうがいい」

「論文にするにはもう少し清書しないと」

「なら、受理されてから見せてくれ。数学者が論文書かなくなったら終わりだぞ」

こんな説教をするために、熊沢は大雪のなかを待っていたのだろうか。そんなはずはない。瞭司はすがるような目で見上げたが、熊沢の口から出てくるのは小言ばかりだった。

「いいかげん、実家に帰ったらどうだ」

「実家には数学の仕事なんかないよ」

「数学なんかやってなくたっていい、生きてるだけでいいんだよ。全人類の何パーセントが数学で食ってると思う？　瞭司の人生に数学がなくたって、ちゃんと生きているだけで立派なんだよ。それで十分だよ」

誰が聞いても納得する正論だった。だからこそ、その言葉は瞭司には何の引っかかりも残さない。それどころか、目の前にいるのが見知らぬ男のように思えた。姿形を熊沢に似せた、常識の塊。

こいつは誰だ。そんな言葉で、本当に僕が実家に帰ると思っているのか。

「数学を捨てろってこと？」

熊沢は気まずそうに目を逸《そ》らした。

「病気で身体壊すくらいなら、数学から離れたほうがいいって意味だ」

「クマは本当にそう思ってるの。僕が数学なしで生きていけるって本気で言ってるの」

革靴の先が細かく上下していた。苛立ちが瞭司にも伝わる。

「僕はただ、数学をやって暮らしたいだけなんだよ」

熊沢はまだ沈黙していた。あと少し。あと少しで元に戻る。あの頃の熊沢に戻ってくれる。瞭司は嗄《か》れた声で言った。

「僕は間違っているのかな」

それを聞いた熊沢は、鼻白んだ表情で答えた。

「自分で考えろ」

瞭司の顔がゆがんだ。心のうちで固い柱がぐにゃりとゆがんだような感覚。何も伝わらなかった。こんなに近くにいるのに、発した言葉は何ひとつ熊沢の心を揺さぶらなかった。ただひたすらに空虚だった。

熊沢はわざとらしく腕時計を見た。「もう行かないといけないから」

瞭司はあわてて手を伸ばす。どんなに空虚でも、つい引き止める自分が悲しかった。

「もう？　さっき来たばかりなのに」

「アパートの前で長いこと待ってたんだよ。もう行かないと、次の約束に遅れる」

「約束って」

「これから平賀先生と会う。あの人、約束に遅れるの大嫌いだから」

ここで別れれば、二度と会えない気がした。しかし瞭司にはもう引き止めるだけ無駄だとわかっていた。熊沢はしゃがみこみ、瞭司と目の高さを合わせた。異臭を放つダウンジャケットの腕を素手で強くつかんだ。

「いいか。もう酒はやめて、病気を治せ。瞭司の身体を心配してるから言ってるんだぞ。数学もいいけど、まずは家族に相談しろ。わかったな」

返事を聞かずに熊沢は玄関へ向かった。ドアを開けた先には雲と雪だけが見える。

「じゃあな」

最後に一度だけ振り返り、熊沢はドアを閉めた。屋外から吹きこんだ冷気が瞭司の乾いた頬をなでた。結局、プルビス理論の話はできなかった。それどころか、数学らしい話は何ひとつ。

瞭司はのろのろと身を横たえ、改めてノートを開いた。微小な塵が無数にわきあがり、アメーバのように自在に形を変える。煙となり、霧となり、泥となる。世にも美しい光景だった。現実世界には決して存在しない、数学的秩序で成立する世界。

ああ、そうだった。他の誰にも僕の風景は見えないんだ。クマにも小沼先生にも、プルビスは見えない。だからこの理論のすばらしさがわからない。

以前、何気なく〈瞭〉という字の意味を調べたことがある。辞書には〈あきらかであること。はっきりしていること〉と記されていた。こんなにあきらかで、はっきりと見えている風景が共有できないのは不幸なことだった。

焼酎のボトルをかたむけてプラスチックのコップに注ぎ、一気にあおる。瞭司は右手につかんだ空のコップをまじまじと見つめた。すっかり曇りきっている。熊沢のアルバイト先だったマンガ喫茶では、もっと透き通って見えた。

ふっ、とあの頃の記憶がよみがえった。あの日、数学の世界から離れようとしていた熊沢を引き戻したのはコラッツ予想だった。だとしたら、コラッツ予想を解決すれば熊沢はまたここに戻ってくるかもしれない。

瞭司は大学ノートを開いた。これまで数学者が束になっても解決の糸口すらつかめなかった難問。熊沢の興味をふたたび引きつけるためだけに、瞭司はこの問題を解くことにした。証明は瞬く間に完了し、わずか見開き二ページで終わった。プルビスが見えていれば、こんな問題は赤子の手をひねるより易しい。文頭に一文を書き加えた。

〈以下にコラッツ予想の肯定的証明を示す〉

瞭司は胸のうちでつぶやいた。ほら、言った通りでしょう。今解けなければ、死ぬまでに解ければいい。僕が解けなければ、他の誰かが解ければいい。プルビス理論が生きている限り、僕は死なない。肉体が滅びても、僕は理論として生まれ変わる。

二杯目の焼酎を飲んだ。めずらしく頭痛も吐き気もなかった。ここではないどこかにいるような陶酔だけがあった。

眼前に深い森が立ち現れた。あの広大で美しい森。瞭司はその森に一歩、二歩と踏み出した。そうか。とうとう、この森の美しさを語る言葉を手に入れたんだ。濃緑色の樹々を見渡し、瞭司は興奮を抑えきれずに駆け出した。関節の痛みは感じない。身体は少年に戻ったかのように軽かった。

どれだけ奥に駆けても、森は尽きることがなかった。目に見えるすべてを瞭司は語ることができた。森は瞭司に鮮やかな情景を惜しげもなく披露してくれる。草むらを抜けると渓流が現れ、川を飛び越えれば岩肌が立ちはだかる。坂道を登りきれば深い谷が開け、暗い洞窟《どうくつ》を抜ければ星空の下に出る。

手を伸ばせば、瞭司はどこまでも空高く昇ることができる。やがて星々に包まれた瞭司はまばゆい光のなかへ取りこまれる。胎内にいるかのように、心は安らかだった。

これが不滅の命なんだ。もう、何を恐れる必要もない。

視界を覆うのは光の色だけだった。永遠の時が瞭司に訪れようとしていた。

13 見える者

熊沢はノースカロライナで瞭司の死を知った。

三月、シャーロットはひどく寒かった。国際電話を受けたのは下宿で眠っている最中だった。暖房の効きが悪い部屋で、分厚い毛布を頭からかぶっていた。二度目の着信で、携帯電話が鳴っているのに気づいた。毛布から腕だけ出して番号も確認せずに出る。はい、と日本でもアメリカでも通じる返事をした。

「く、熊沢さんですか」

一瞬で目が覚めた。声の主はどこか緊張している。

「佐那？」

返事はそれだけで通じた。佐那は震える声を抑えつけるように、低く言った。

「瞭司が死んじゃった」

氷の針で貫かれたように、熊沢の身体の芯《しん》が冷たくなった。

毛布を払って飛び起きる。瞭司が死んだ？　一か月前に会ったばかりなのに。変わり果てた姿だったが、確かに瞭司は生きていた。生きて、数学をやっていた。

佐那は我慢できずに嗚咽《おえつ》を漏らした。感情の波に飲みこまれ、泣きながらぶつぎりの言葉を発する。

「死んじゃったよ。部屋で。肝硬変だって。ねえ、あたし知ってたんだよ。瞭司がアルコール依存症だって知ってたよ。知ってたのに、何にもしなかった。何にもできなかったんじゃなくて、しなかった。怖くて。どうやったら止められるかもわからなくて。もう別人みたいになっちゃって、怖かった。でもそんなの、理由にならない。あたし、瞭司のこと見捨てちゃった」

熊沢は最後に会った日のことを話すべきか迷った。見捨てたどころではない。手を下したようなものだ。

「つい先月、会った」

「どうだったの」

どうもこうもない。瞭司は安焼酎《しょうちゅう》の臭いをまき散らし、ゴミに埋もれていた。そのことを佐那に話すのははばかられた。

告別式はあさってだと佐那が教えてくれた。

「お通夜は無理でも、今から出れば告別式には間に合うんじゃない」

「……今は行けない。どうしても離れられない」

遅れている論文の投稿を今月中に終わらせなければならなかった。ボスからは昨年末からノイローゼになるほどプレッシャーをかけられている。翌日もボスと顔を突き合わせて最終稿の確認をする予定だった。今月中にできなければ、このラボに熊沢の居場所はない。佐那はいらだたしげに言った。

「ねえ、わかってる？　瞭司がいなくなっちゃったんだよ」

今だけはどうしても無理だ。来月には時間が作れるから、帰国して線香をあげる。そんなことを言い訳がましく述べたが、佐那は沈黙を返すだけだった。

「もういい」

唐突に通話は切れた。

急に、早朝の冷えこみを感じた。全身が汗みどろだった。毛布をかぶっていたせいか、別の理由かはわからない。暖房の設定温度をあげて、シャワーを浴びた。

目を閉じて熱湯を浴びる。僕は間違っているのかな、と問われたあの時、熊沢は「お前は正しい」と言えなかった。たったひと言でよかった。瞭司にも平賀にも、それぞれの〈正しさ〉がある。それは数理とは別の、生き方という意味での〈正しさ〉なのだ。誰かがそれを教えてやらなければならなかった。それができたのは熊沢だけだ。

なぜ言えなかったのか、理由はわかっている。酒に溺《おぼ》れた瞭司に対して、自業自得だ、とどこかで思っていたせいだ。瞭司は憎らしいほど数覚に恵まれていた。その男が、名誉も地位も失って泥のなかで這《は》いまわる姿に、熊沢は溜飲《りゅういん》を下げていた。

認めたくはないし、誰にも言えない。それでも、醜い感情に駆られ、苦しむ友人を突き落とした過去は消えない。そんなつもりじゃなかった、と言い訳するのはたやすい。しかしどれだけ言葉を重ねても、罪悪感はいっこうに薄れなかった。

瞭司を殺したのは俺だ。俺はその事実を誰にも打ち明けられないまま、生き続けなければならない。不快な手触りを記憶したまま死んでいかなければならない。

自分が殺した、と佐那には言えなかった。言葉にすれば、罪悪感に押しつぶされてしまいそうだった。できれば忘れてしまいたかった。

まぶたの裏から熱いものが流れていく。涙は熱い湯に混じって身体を濡《ぬ》らし、排水口へ吸いこまれていった。嗚咽がユニットバスの室内に響いた。全身の皮膚がふやけるまで、熊沢はそうしていた。瞭司の死を思って泣いたのは、それが最初で最後だった。

翌月、一時帰国した熊沢は瞭司の生家へ向かった。アルコール依存症の瞭司は肝硬変を発症し、それが原因で静脈瘤《りゅう》の破裂を起こして、大量の吐血と下血の末に亡くなった。瞭司の遺体はアパートで血まみれになっていたという。ノートが汚れるのを避けるように、遺体はユニットバスの浴槽に横たわっていたらしい。瞭司の母から引き継いだノートはそれから六年間、一度も開かれることはなかった。

次に佐那と会った。工学部を卒業した彼女はエンジニアとして就職していた。熊沢は佐那の勤め先の近くまで出向いた。駅ビルのコンコースで待ち合わせてカフェに入ろうとしたが、ここでいい、と佐那が言い張った。帰宅ラッシュの最中、雑踏のただなか、並んでベンチに腰をおろした。

「お葬式、たくさん人が来てた」

みんな泣いていたという。熊沢はシャワーを浴びてひとり泣いたことを思い出した。たとえ瞭司が死んだとしても、この世界から完全に瞭司が消滅したとは思えなかった。友人が死んだという悲しみはあった。それとは別の感覚として、瞭司はまだどこかにいるのではないかとも思えて仕方なかった。

「瞭司、本当にいなくなったのかな」

熊沢の嚙《か》み合わない返事に、佐那はいらだつ様子もなくうなずいた。

「たまに、あたしも信じられなくなる。でも死んじゃったんだよ」

違う。死んだことと、いなくなったことは別だ。そう思ったが口にはしなかった。嚙み合わない会話が延々と続くだけだ。

佐那は消耗していた。青白い横顔を見て、美しい、と熊沢は思った。しかしそれは、愛《いと》しいというのとはまた違う感情だった。

「あたしたち、瞭司にとって何だったんだろう」

ふたりの前を、無数の人が通り過ぎていく。こんなに人がいるのか、と驚くほどにコンコースはにぎやかだった。目がくらみ、ゆっくり悲しむ余裕もない。だから佐那は、ここでいい、と言ったのかもしれない。

どちらが先にベンチを立ったのか、熊沢は忘れてしまった。

日本数学会年会、最終日。

協和大学の熊沢勇一が〈ミツヤノート〉の部分的解読に成功したという噂は、学会初日から流れていた。どうも統計数学が深く関連していたらしい。いや、実際は手がかりひとつつかめていないようだ。本当は自作自演で、ノートは熊沢の作ったでたらめだと聞いた。根拠のない流言が飛び交い、何が真実なのか誰にも判別できなくなっていた。当の熊沢はここまでの年会に姿を現さず、沈黙を守っている。それがさらに憶測を呼んだ。

すべては特別講演で明らかになる。最終日、数学者たちの期待は頂点に達していた。会場となった大学の講堂は聴衆で埋めつくされていた。二百人収容の座席は人で埋まり、窓際まで二重、三重に立ち見が出る始末だった。室内には群衆の体温と期待感が満ち、蒸し風呂《ぶろ》のように暑い。

「立ち見の方は、無理して入らないようにしてください。危ないですから」

座長の呼びかけも空しく、定刻が近づくにつれて聴衆の数は増える一方だった。パンフレットには〈コラッツ予想の肯定的証明について〉という簡素な演題タイトルが記されている。プロジェクターのスイッチが切られていることは、登壇者が発表資料を使わず、黒板だけで語ることを意味していた。

最前列には解析や数論の大物が顔をそろえている。そこには小沼繁行の顔もあった。後ろに座る男から声をかけられ、小沼は振り向く。協和大にいた頃の同僚だった。

「この件、先生も一枚噛んでいるんでしょう」

あわてて手を振る。「熊沢君と少し話したくらいで。私は何も」

口にしかけた否定の言葉を、小沼は途中で飲みこんだ。

「……そうですね。私も関係していないわけじゃない」

「へえ、やっぱりそうですか」

「ただ、私は三ツ矢暸司を連れてきただけです。後はすべて彼らの仕事です」

小沼の隣では、大物たちとは違う雰囲気の女性が静かに発表を待っていた。熊沢の妻、聡美だ。彼女はこの講演を聞くために、初めて年会を訪れた。小沼はいくつかの研究発表を一緒に聞いてその内容を説明したが、理解している様子はない。夫の研究内容を理解できるとは端《はな》から思っていないらしい。それでも、夫が夢中になっているプルビス理論というものの、雰囲気だけでも感じてみたいのだと切実な表情で言っていた。

　定刻の間近になっても、聴衆は集まり続けた。音漏れ防止のために扉を閉めるのが決まりだが、立ち見が多すぎるせいで閉めることができず、開け放しておくしかなかった。学会スタッフのアルバイトが合図を送ると、座長が呼びかけた。

「えー、では、定刻になりましたので、特別講演を開始いたします。お話しいただくのは協和大学の熊沢勇一先生です。よろしくお願いします」

　聴衆から拍手とどよめきが起こり、小沼は居住まいを正した。


　演壇に登場した熊沢の右手には手垢《あか》にまみれたノートがあった。左手でマイクを握り、聴衆をひと渡り見まわしてから言った。

「三ツ矢瞭司は六年前に亡くなりました」

　第一声で会場は静まった。

「彼ほど数学的感覚に恵まれた人間を、私は知りません。彼を失ったことは友人として悲しいだけでなく、数学界にとっても巨大な損失でした。恥ずかしいことですが、私がそれに気づいたのはつい最近のことです。私はずっと、自分のことしか考えていなかった」

熊沢はノートをかざしてみせた。

「彼が遺した研究ノートがここにあります。生前、膨大な時間と労力を費やして構築した理論がここに記されています。彼はそれをプルビス理論と名付け、コラッツ予想を証明してみせました。しかし彼が亡くなり、証明を理解する者はいなくなりました」

壇上の熊沢は妻と目が合った。聡美は息を詰めて見つめている。

「残念ながら私はまだ理論の全容を理解していません。しかし今日は、そのアウトラインだけでも皆さんにお伝えしたいと思います」

長大な黒板に向き合った熊沢は、チョークを板上に走らせる。滑りだしは淀《よど》みない。序盤はさんざん考えてきた。フラクタルの基本公式と、プルビス理論特有の造語の定義づけ。

超弦理論の解釈に入ると、聴講者は戸惑いを隠せないように雑談をはじめた。大御所のなかにはあからさまに顔をしかめている者もいる。拒絶するなら、すればいい。この理論は今後百年の数学を変える。ついていけないなら置いていくだけだ。

熊沢は勢いを落とさず、プルビス理論の深みへと分け入っていく。中盤以降に何を話すのかは、その場で考えることにしていた。もう不安はない。暸司が導くままに突き進むだけだ。枝葉をすっ飛ばし、本筋だけを一気に駆け上がる。足を踏み外さないよう注意しながら、しかし一足跳びに走り続ける。

会場のざわめきは次第に落ち着きはじめた。やがて散発的に声が聞こえる程度になり、ついに群衆はふたたび静まりかえった。最前列に座る数学者たちは神妙な顔で行方を見守っている。座長はどうにかついていこうと身を乗り出し、黒板に視線を注いだ。

もはや熊沢の心はちっぽけな講堂を離れていた。

目の前にあるのは、瞭司の生家の裏手に広がる森だった。ここに瞭司がいるはずだという確信が、熊沢にはある。

雑木林を抜けると、果てのない草原があった。方向感覚を失いそうになりながら、でたらめに熊沢は走る。疲労も忘れて、瞭司の名を叫びながら駆けまわった。瞭司。いるのなら俺を呼んでくれ。六年も経ち、今さらと思うだろうが、それでも来た。もう一度だけ、俺にチャンスをくれ。あと一度だけ。

いつの間にか周囲は岩場に変わっていた。激しく流れる水のなかに躊躇《ちゅうちょ》なく足を踏み入れる。川底を一歩ずつ踏みしめながら、熊沢は進んだ。バランスを失って手をつきながら、それでも進むことをやめなかった。

岩壁に取りつき、窪《くぼ》みに指をこじ入れて身体を引き上げる。突起があれば足を乗せ、重力に抗《あらが》って上を目指す。力尽きるどころか、身のうちにはますます力が湧いてきた。

上りきった先に見える谷の底へ全速力で駆け下りる。口を開ける穴のなかへ滑りこみ、手探りで出口を探す。あと少し。

洞穴を抜け、たどりついた星空の下に暸司はいなかった。途方に暮れかけた熊沢の頭上に光るものがあった。懸命に手を伸ばしても、跳びあがっても、光は指先に届かない。

だから自然と地面から浮き上がった時、熊沢には何が起こっているのかわからなかった。身体が勝手に動いている感覚。何者かが憑《つ》いたように、進むべき道が見える。熊沢の身体は見る間に地上を離れて星空へ吸いこまれ、目の前で閃光《せんこう》が炸裂《さくれつ》した。

光のなかで、熊沢ははっきりと暸司の存在を感じた。

ここにいたのか。

ここには暸司がいる。しばし熊沢は呆然《ぼうぜん》とした。包みこむ空気が温かい。自制がきかず、涙をこらえきれなかった。悲しみのせいではない。暸司は亡くなった後もずっとここで待っていた。そして永遠に、この理論のなかで生き続ける。

遅くなってごめん。熊沢はようやく、素直にそう告げることができた。

シャツの袖《そで》で涙を拭《ふ》き、咳《せき》払いをする。講堂に集う人々はひとり残らず、その瞬間を見逃すまいと目を凝らし、事の推移を見守っていた。内容を理解していない者でさえ、ただ事ではない何かが起こっていることはわかった。

最後の一行を丁寧に黒板に書きつけ、二時間の特別講演は終わった。広い大地を駆けまわったような疲労感が熊沢の全身を浸していた。

大きく上がった打球がスタンドに入るのを見守るような緊張感。

熊沢は一拍置いてから、静かに言った。

「以上です」

一瞬の沈黙の後、窓ガラスが震えるほどの拍手と歓声が起こった。

熊沢の立っている場所からは、最前列の聴衆がよく見えた。居並ぶ大物たちは、承認の合図代わりに手を叩《たた》いている。端の席には小沼と聡美がいた。小沼は壮大な壁画を見るように、呆然と黒板の数式を眺めている。聡美はハンカチで口元を覆い、嗚咽をこらえていた。

聴衆は手が痺《しび》れるまで拍手を続けた。拍手が収まるのを待って、座長はマイクを握ったが、何を話せばいいのか戸惑っていた。

「いや、どうも……初めて聞くことばかりで、どうコメントすればよいか……」

予定時間を三十分も超過していたが、座長をはじめ、それを咎《とが》める者は誰もいなかった。質疑応答は省略され、熊沢はふたたび沸き起こった拍手に送られながら演壇を降りた。

廊下に出た熊沢は壁によりかかり、うずくまった。しばらくは起き上がれそうにない。こんな膨大なエネルギーが、あのノートに詰めこまれていたとは。廊下を歩く人たちは、異様な気配に声もかけられず素通りしていく。

熊沢の視界にパンプスが現れた。視線を上げると、泣きはらした聡美の顔があった。

「どうして泣いてるんだ」

「わからない。あと、何言ってるかも全然わからなかった。だから余計に、なんで泣いてるのかわからない。でも、何かうねるみたいな感じがして、それはきっとあそこにいた人全員が感じていて、そのせいで感動しちゃって」

聡美は口を引き結んで、またこぼれそうになる涙をこらえて言った。

「結婚したのがあなたでよかった」

熊沢は気力をふり絞って答えた。「俺もそうだ」

ずいぶん遅くなったけど、やっとここまでたどりついた。でも、まだまだ終わりじゃない。やることはいくらでも残っている。アカデミアの合意を形成して、数学の一分野として認めさせる。今日の発表で事の重大さに気づいた数学者もいるだろう。海外の研究者たちとも協力して、プルビス理論を世界に広げなければならない。

そういう仕事は俺のほうが得意だ。瞭司が播《ま》いた種を育て、芽吹かせるのが俺の役目だ。

瞭司と最後に会った日の不快な手触りはまだ残っている。しかし今は、光に包まれて感じたあの温かさのほうが、現実感を伴っていた。

猫背の少年は、ふてくされたような顔で窓の外を見ている。熊沢は精一杯、威厳のある声を出して言った。こういうのは最初が肝心だ。

「入学式はどうした」

「会場に行ったんですけど、迷っちゃって。わかんないからこっち来ちゃいました。だってものすごく人が多いから」

「そりゃ、入学式だからだよ」

「先生だって、式サボってここで仕事してたんでしょう。おあいこですよ」

返す言葉がない。何か教員らしいことを言おうとしたが思いつかず、あきらめた。

この小生意気な少年が、田中からの〈プレゼント〉だった。

木下に番号を渡された翌日、熊沢は教えられた番号へ電話をかけた。通話に出た少年は「電話じゃなくてメールにしてって言ったのになあ」とぼやいた。軽い苛立《いらだ》ちを覚えつつ、何がプレゼントなのかわからないまま会話を続けると、少年の口調が熱を帯びてきた。

「もしかして、あなたが熊沢さんですか」

鈍いやつだな、と思いながら、熊沢は「ああ」と答えた。少年は嬉々《きき》として話し続ける。

「田中さんが、あいつは俺の舎弟だから何でも教えてもらえ、って言ってました」

舎弟になった記憶はないが。思わず苦笑した熊沢は、続くひと言を聞いて表情を変えた。

「僕、〈ミツヤノート〉が解読できるかもしれません」

思いがけない台詞《せりふ》だった。「はっ？」

「熊沢さんがネットにあげたあのノート、読みました。見た瞬間、目の前でぶわっと光が飛び散るような感じがあって。見えないくらいちっちゃい粒がたくさん舞ってて、うねるように弾《はじ》けて」

愕然《がくぜん》とした。ひとりだけ、同じことを言っていた人間がいた。この少年には瞭司と同じ風景が〈見える〉のかもしれない。

田中が猫背の少年を連れて、熊沢の研究室へやって来たのは翌週だった。顔を合わせるなり、田中は言った。「クマもずいぶん所帯じみたなあ」

「そちらには負けますよ」

頭頂部へ視線をやる。大幅に額の後退した田中が苦笑した。

「お前って本当、何歳になっても生意気だな」

少年は幼い顔つきをしていた。白いつるりとした顔で、落ち着きなく部屋を見まわしている。その風貌《ふうぼう》は嫌でも瞭司を思い出させた。

「こいつはな、俺の生徒ってわけじゃないんだ。住んでるのも東京」

田中の言葉に、熊沢は首をひねった。てっきり田中の高校の教え子だと思っていた。聞けば、田中の住む北陸から一緒に来たわけではなく、最寄り駅で待ち合わせてここまで来たらしい。

「俺はコンテストに出場する手続きと、当日の引率をしてやっただけだ。教師の推薦が必要だっていうから」

「この子、十八歳だって言ってませんでしたか」

「そうだ。でも高校には通っていない」

「……言ってることがよくわからないんですけど」

口ごもる田中の横で、出し抜けに少年が問いかけた。

「熊沢さんって、佐那さんとは知り合いじゃないんですか」

佐那。なぜ今、その名前が出てくるのだろう。田中の顔がこわばる。

「お前、それ黙ってろってさっき言っただろ」

「え、なんで？」

「いろいろ事情があるんだよ、大人には」

邪気のない少年の横顔に、熊沢は尋ねた。

「斎藤佐那のことかな」

「あ。やっぱり知り合いだったんだ」

少年の顔に笑みが弾ける。その表情からは佐那への親しみが感じられた。この少年は佐那のことを知っている。田中が両手を広げて場を取りなそうとした。

「いや、タイミングを見計らって説明しようと思ってたんだって。物事には順序ってもんがあるから……」

「佐那さんは、僕の先生なんです」

田中の言い訳をさえぎって、少年が言う。

彼は二年前に高校を中退していた。あまりにも退屈だったせいだという。高校で習う微分積分や行列は、小学生のころに通過した場所だった。高卒という学歴の必要性も感じないし、学校には友人もいない。通学する意味を見出《みいだ》せなかった彼は、うるさい親を黙らせるために独学で高認に合格し、以降は自宅で数学に没頭する毎日を送っていた。ネットには数学を通じて知り合った友人が大勢いる。家を出ることはほとんどなく、引きこもり同然の生活だったという。

そんなときに出会ったのが佐那だった。

「僕はSNSとかブログで知り合った人たちと、グループウェアでファイルを共有しているんです。今取り組んでいる内容とか、各自の進捗《しんちょく》とかを報告しあうんですけど。そのグループウェアを開発したのが佐那さんでした」

熊沢は去年の夏の記憶をたどった。仕事の話になったとき、佐那は確かエンジニアになったと言っていた。

「メンバーの紹介で、佐那さんは僕らのグループに参加しました。最初は伏せてましたけど、開発者としていろんなグループに顔を出していたみたいです」

へえ、と田中がつぶやいた。説明を諦《あきら》め、すっかり聞き手にまわっている。

「佐那さんは本名で参加していて、そのうちメンバーが気づいたんです。もしかしたら、ムーンシャインの一般化を証明した論文の著者じゃないかって。聞いてみたら、その通りでした。熊沢さんもそのひとりですよね」

ああ、と答える声はため息に似ていた。瞭司が〈二十一世紀のガロア〉と呼ばれるきっかけになった成果。最も幸せな時期の思い出だった。

「恥ずかしいですけど、有名人だってことがわかるとみんな興奮しちゃって。それからは佐那さんが議論の中心になりました」

出場からずいぶん時間が経っているとはいえ、彼女は数学オリンピック銅メダリストだ。それよりも、熊沢には気になることがあった。

「ちょっと確認させて。佐那は、斎藤佐那は、今でも数学をやってるのか」

「ただの趣味だって言ってましたけど。でも、学生時代から今まで、ずっと続けてはいるみたいですよ」

夏に佐那と会ったときのことを思いだす。数学科を離れてから十年以上経っているにもかかわらず、瞭司のノートと向き合う姿はブランクを感じさせなかった。あのとき、気づくべきだったのだ。彼女がまだ数学を捨てていないことに。

他の学部に移ったからといって、数学をやめたわけではなかった。別の道に進んだからと言って、縁が切れたわけでもない。彼女はずっと続けていた。研究者だけが数学者の姿ではなかった。教師になった田中も、ビジネスマンになった木下も、エンジニアとして働く佐那も、立派な数学者だ。

俺は、佐那のことを何も見ていなかった。

熊沢は後悔を押しつぶすように拳《こぶし》を固く握りしめ、少年に先をうながした。

「ごめん。それで？」

「佐那さんは、ネットも含めて、それまでに会った誰よりも僕に感覚が近い人でした。年齢を明かして、いろんなことを教えてもらいました。群論も、岩澤理論も。プログラミングもです。学校の先生は誰もそんなことを教えてくれませんでした。佐那さんは僕が唯一、先生だと思う人なんです」

田中が少しだけ、いじけたように口をとがらせた。

「コラッツ予想の証明が発見されたことは、グループでも話題にはなっていたけど、最初、僕は興味を持っていませんでした。どうせ何かの間違いだろうって。でも佐那さんが勧めるから、熊沢さんがネットにあげた〈ミツヤノート〉を読んでみました。そうしたら、あの景色がぶわっと目の前で弾けたんです」

「これ、見ろよ。こいつが年末に書いたんだ」

田中が差し出したコピー用紙は、記号と数式でびっしりと埋めつくされていた。随所に現れる独自の記号は、瞭司のノートで見たものと同じだ。プルビス理論を検討したメモ書きらしい。熊沢は注意深く目を通す。

思わず目を見開いた。

小さい文字で書き連ねられているのは超弦理論の公式だった。瞭司のノートにはその言葉は登場しない。気づいたのは熊沢だけだと思っていた。少年は胸を張って言う。

「初めて見た時に、これは超弦理論のもうひとつの姿だな、とピンときました。だって、見える風景がまったく同じだから。佐那さんにそう話したら、協和大学に入学することを勧められました。僕もプルビス理論の研究ができるなら、大学に行ってもいいかなって思ったんです」

少年の赤らんだ顔が、瞭司の童顔と重なった。

この子は本物だ。

田中が勝ち誇った顔で、少年と熊沢の顔を見比べている。

「来年度は誰が特推生の指導教官なんだ」

熊沢のほころんだ口元から言葉が漏れた。

「私です」

締め切りは間近だった。その日のうちに、急いで特別推薦生の手続きをとった。幸い国内の数学コンテストで入賞していたおかげで、話はすんなりまとまった。少年は瞭司と同じくコンテストの類が肌に合わないらしいが、佐那が田中の力を借りて、無理やり参加させたらしい。成績は申し分なく、晴れてこの春から数学科の学生となった。

後日、何度か佐那に電話をかけたが応答はなかった。

昨夏研究室を訪れた佐那は、別れ際に「今後よろしく」と言い残した。あれは佐那のことではなかったのだろう。あのときすでに、この少年が熊沢の教え子になることを予感していたのかもしれない。

猫背の少年は今、応接ソファに寝転んで素粒子物理の解説書を読んでいる。大学生になったばかりだというのに、知識はもう大学院生に引けを取らない。これからどこまで伸びるのか、想像もつかなかった。

仰向《あおむ》けで支えるのがつらくなったのか、テーブルに本を置いてソファに座りなおす。

「特別推薦って、ひとりだけ？」

モニターに向かう熊沢に構わず、少年はソファの上で声を張りあげた。

「あとふたり。入学式が終われば来る」

少年は太ももの下に両手を入れて足をばたつかせる。大学一年生にしては幼稚な仕草だが、彼にはそれが似合っていた。

「どんな人たちかな」

「じきにわかる」

熊沢は盾も賞状もない准教授室を見渡した。今年も春華賞には選ばれなかった。しかし以前ほど悔しさは感じない。春華賞など意識の外に弾き出してしまうような、鮮烈な経験をしたせいだった。森を駆け抜けて瞭司と再会したあの日から、べったりと背中に貼りついていたものが流れ落ちた。

これから先、メダルはもらえなくたって構わない。あの風景がまた見られれば。新しい理論が生まれた時、人は数学者が理論を創造したと思いこむ。しかし数学者がそこにいようがいまいが、理論は厳然と存在する。創造するのではなく、見出すのだ。

英語で〈理論〉を意味する〈theory〉は、ラテン語で〈見る〉という言葉に由来する。たったひとりの天才が目撃することでしか、理論はこの世界に姿を現さない。事実を積み重ねるだけではたどりつけない場所が、確かに存在する。

もしかしたら、瞭司にはあの先の光景が見えていたのだろうか。熊沢には想像もつかない、世界の果てにある永遠の景色が。

窓の隙間から吹きこんだ風で、デスクの書類が宙を舞った。視界を舞う記号のひとつひとつが、光の粒のように見えた。その向こうにいる背中を丸めた少年の姿に、熊沢は目を凝らす。

春はまだはじまったばかりだ。

〈主要参考文献〉

小平邦彦『怠け数学者の記』岩波書店
加藤文元『数学する精神――正しさの創造、美しさの発見』中央公論新社
加藤文元『ガロア――天才数学者の生涯』中央公論新社
芳沢光雄『群論入門　対称性をはかる数学』講談社
B・マンデルブロ、広中平祐監訳『フラクタル幾何学』(上下) 筑摩書房
マーシャ・ガッセン、青木薫訳
『完全なる証明　一〇〇万ドルを拒否した天才数学者』文藝春秋
J.C.Lagarias (1985)　The $3x + 1$ problem and its generalizations.
The American Mathematical Monthly. vol.92,No.1 pp.3-23.

解説

森《もり》見《み》登《と》美《み》彦《ひこ》（作家）

『永遠についての証明』は岩井《いわい》圭也《けいや》氏のデビュー作である。

私は野性時代フロンティア文学賞（現在「小説 野性時代 新人賞」に改称）の選考委員として、最終候補に残った応募原稿を読んだのだが、そのとき心に残ったのが次の一節だった。

「自然界でも同じようなことが起こってるかもしれないんだよ。雲を表す式を応用すれば、波になるかもしれない。雪を表す式を変形すれば、森になるかもしれない。ひとつの基本式からすべてが導かれるかもしれない。ああ、なんで今まで気づかなかったんだろう」

数学することの喜びというか、興奮というか、そういうものをたいへん美しく表現した言葉で、思わずノートに抜き書きしたことをおぼえている。

もちろん私には本当の数学者の気持ちは分からないが、「きっとこんな感じにちがいない」と思わせる説得力が本作にはある。

この一節の「森になるかもしれない」という言葉は、主人公の一人である瞭司《りょうじ》の生家の裏手に広がる森のイメージと響き合っており、それはまっすぐにこの物語のクライマックスへとつながっている。瞭司の遺志を継いでコラッツ予想の証明を発表する場で、もう一人の主人公・熊沢《くまざわ》が亡き友との精神的な再会を果たすのは深い森なのである。この「森」は、数学者の心の奥底に広がる領域であると同時に、この自然の根底にある真理をあらわしているのだろう。

瞭司の生家の「庭」と「森」がシームレスにつながっていることは象徴的だ。庭は日常的かつ個人的な領域だが、森はそれを超えた自然の領域である。「庭で遊ぶこと」がシームレスに「森で遊ぶこと」へつながっていく瞭司の少年時代は、彼にとって数学がどんなものであったかを示している。彼の心は数学を通して、自然の根底にある永遠の真理とつながっている。

真理とつながることの素晴らしさと恐ろしさ。それが本作の根底にある。

本作では「数覚」と表現されているが、瞭司の飛び抜けた数学的才能は、彼に素晴らしい世界を垣間見せ、より広い世界へと連れだしてくれる。しかしまた、その才能が彼を深い孤独へと追いやりもするのだ。飛び抜けた才能とはそういうものだが、瞭司の数学的才能は自然の真理に触れるものであるだけに、その才能が連れだしてくれる世界の広さも、その才能の持ち主が余儀なくされる孤独の深さも絶対的なものだ。

瞭司が人とのつながりを切実に求めるのは、その世界の広さを知っているからであり、深い孤独を知っているからでもある。

本作の前半では、瞭司はその数学的才能によって人とのつながりを作っていく。小《こ》沼《ぬま》教授に見いだされ、大学へ入り、研究室の仲間たちと出会う。彼が仲間たちに影響を与え、数学の情熱を呼びさますことができるのは、彼が自然の真理とつながっているからだ。彼はそのことを疑いもしない。森で遊んでいた少年時代のままなのである。

しかし本作の後半では、その才能が人とのつながりを破壊していく。瞭司の転落のきっかけとなる平賀《ひらが》教授は興味深い人物である。数学者として社会で生きていくことの困難を長く味わってきた彼にとって、瞭司のような人間は現実知らずの甘えた人間に見えるだろう。彼にとって瞭司という人物は、社会に適応するために自分が抑圧してきたもの、「そうあることを許されなかった自分」なのであり、だからこそ瞭司へ投げかけられる言葉は苛烈《かれつ》になるのだ。平賀教授に指摘された「証明の欠陥」によって、瞭司の幸福な青春時代は終わりを告げる。

これまで瞭司は自分が真理とつながっていることを信じていた。中学校時代の教師とのエピソードが象徴しているように、自分の頭に浮かんだことの正しさは、たとえくだくだと説明しなくても正しいはずなのだと感じている。証明できるから信じるのではない。信じているから証明できるのだ。しかし平賀教授の言うとおり、証明できなければアイデアにすぎない。いくら瞭司が正しいと感じても、証明しなければ社会に受け容《い》れてもらえない。このとき初めて瞭司は、「数学的証明」が「社会とのつながりの証明」でもあることを思い知ったにちがいない。それだけでなく、もしも数学的証明ができなければ、それは自分と真理のつながりが断たれることを意味する。そのつながりを無邪気に信じてきた瞭司にとって、それはいわば信仰の喪失に近いものである。

真理とのつながりと、他人とのつながり。

ここで瞭司は、いわば二重の危機に直面したのだと私は思う。

もしも熊沢のように数学者として生きていくために上手《うま》く立ちまわることができれば、あるいは佐那《さな》のように数学以外の分野に活路を見いだすことができれば、瞭司の末路もちがっていたかもしれない。しかし彼はその数学的才能ゆえに、数学から身を引き離すことができない。「かつて真理とつながっていた」という実感がここでは呪いとして働いている。他の生き方を想像することができないからこそ、唯一の希望である「証明」にすがりつく。そのことが尚更、他の人間を遠ざけていく。本作の後半、まるですべてが裏目に出ていくような展開は痛ましいものだ。森で遊んでいるうちに友人たちが帰ってしまった、という少年時代のエピソードを思いだすべきだろう。

最終的に瞭司は真理とのつながりを回復する。他人とのつながりを代償として。

瞭司亡きあと、彼の見つけた真理を社会へ伝えるために尽力するのは、熊沢をはじめとする彼の友人や恩師たちである。本作の根底には、真理とのつながりが人とのつながりを生み、それを破壊し、そしてふたたび結ぶという大きな流れがある。

本作の素晴らしいところは、数学者たちの青春群像や天才の苦悩といったおなじみの人間ドラマを描きながら、「真理とつながることの素晴らしさと恐ろしさ」から目をはなさなかった点にある。登場人物たちのドラマはすべてこの核心をめぐって展開し、よけいなことは書かれていない。いささかあっさりした印象はそのストイックさが原因でもあるが、一方で、そのことが本作に数学的証明のような鮮やかさを与えている。

「この世界の真理を摑《つか》みたい」

意識するしないにかかわらず、私たちはみんなそう願っている。たとえそれが自然の根底にある数学的真理ではなく、自分なりの「真理」にすぎないとしても。

本作は数学的真理をめぐって格闘する数学者たちを描きながら、自分なりの「真理」を求めて生きる私たちのありようを照らしだす。瞭司や熊沢、佐那のような人々は、私たちの周囲に見いだせるだろうし、それどころか彼らは私たち一人一人の胸の内に共存している。私たちは瞭司のようにすべてを投げ捨てて「真理」を求めることもあれば、熊沢のように苦悩しつつ社会との妥協点を探ることもあり、佐那のようにもっと広い世界へ出ようとすることもあるのだ。彼らの葛藤《かっとう》は私たちの葛藤であり、その葛藤なくして「真理」はない。

本書は、二〇一八年八月に小社より刊行された
単行本を加筆修正のうえ、文庫化したものです。

永遠《えいえん》についての証明《しょうめい》

岩《いわ》井《い》圭《けい》也《や》

令和４年 １月25日　初版発行
令和６年 ５月15日　４版発行

発行者●山下直久

発行●株式会社KADOKAWA
〒102-8177　東京都千代田区富士見2-13-3
電話　0570-002-301（ナビダイヤル）

角川文庫 22998

印刷所●株式会社KADOKAWA
製本所●株式会社KADOKAWA

表紙画●和田三造

●お問い合わせ
https://www.kadokawa.co.jp/（「お問い合わせ」へお進みください）
※内容によっては、お答えできない場合があります。
※サポートは日本国内のみとさせていただきます。
※Japanese text only

ISBN 978-4-04-112062-0　C0193

◆◇◇

角川文庫発刊に際して

角 川 源 義

第二次世界大戦の敗北は、軍事力の敗北であった以上に、私たちの若い文化力の敗退であった。私たちの文化が戦争に対して如何に無力であり、単なるあだ花に過ぎなかったかを、私たちは身を以て体験し痛感した。西洋近代文化の摂取にとって、明治以後八十年の歳月は決して短かすぎたとは言えない。にもかかわらず、近代文化の伝統を確立し、自由な批判と柔軟な良識に富む文化層として自らを形成することに私たちは失敗して来た。そしてこれは、各層への文化の普及滲透を任務とする出版人の責任でもあった。

一九四五年以来、私たちは再び振出しに戻り、第一歩から踏み出すことを余儀なくされた。これは大きな不幸ではあるが、反面、これまでの混沌・未熟・歪曲の中にあった我が国の文化に秩序と確たる基礎を齎らすためには絶好の機会でもある。角川書店は、このような祖国の文化的危機にあたり、微力をも顧みず再建の礎石たるべき抱負と決意とをもって出発したが、ここに創立以来の念願を果すべく角川文庫を発刊する。これまで刊行されたあらゆる全集叢書文庫類の長所と短所とを検討し、古今東西の不朽の典籍を、良心的編集のもとに、廉価に、そして書架にふさわしい美本として、多くのひとびとに提供しようとする。しかし私たちは徒らに百科全書的な知識のジレッタントを作ることを目的とせず、あくまで祖国の文化に秩序と再建への道を示し、この文庫を角川書店の栄ある事業として、今後永久に継続発展せしめ、学芸と教養との殿堂として大成せんことを期したい。多くの読書子の愛情ある忠言と支持とによって、この希望と抱負とを完遂せしめられんことを願う。

一九四九年五月三日

角川文庫ベストセラー

いつかの人質
芦沢　央

幼いころ誘拐事件に巻きこまれて失明した少女。12年後、彼女は再び何者かに連れ去られる。少女はなぜ、二度も誘拐されたのか？　急展開、圧巻のラスト35P！　注目作家のサスペンス・ミステリ。

バック・ステージ
芦沢　央

もうすぐ始まる人気演出家の舞台。その周辺で次々起きる4つの事件が、二人の男女のおかしな行動によって思わぬ方向に進んでいく……一気読み必至、大注目作家の新境地。驚愕痛快ミステリ、開幕！

ファミリー・レス
奥田亜希子

「家族か、他人か、互いに好きなほうを選ぼうか」ふた月に1度だけ会う父娘、妻の家族に興味を持てない夫。家族と呼ぶには遠すぎて、他人と呼ぶには近すぎる――現代的な〝家族〟を切り取る珠玉の短編集。

行きたくない
加藤シゲアキ・阿川せんり・渡辺　優・小嶋陽太郎・奥田亜希子・住野よる

人気作家6名による夢の競演。誰だって「行きたくない」時がある。幼馴染の別れ話に立ち会う高校生、生徒の愚痴を聞く先生、帰らない恋人を待つOL―それぞれの所在なさにそっと寄り添う書き下ろし短編集。

気障《きざ》でけっこうです
小嶋陽太郎

女子高生のきよ子が公園で出会ったのは地面に首まですっぽり埋まったおじさんでした――。「私、死んじゃったんですよ」〝シチサン〟と名乗る気弱な幽霊と今どき女子高生の奇妙な日々。傑作青春小説。

角川文庫ベストセラー

今夜、きみは火星にもどる　小嶋陽太郎

「私、火星人なの」——。そう語る佐伯さんの必死なまなざしに僕は恋をした。親しくなっても彼女の事情はわからないまま、別れの時が近づき……行き場のない想いを抱えた高校生たちの青春小説。

ナラタージュ　島本理生

お願いだから、私を壊して。ごまかすこともそらすこともできない、鮮烈な痛みに満ちた20歳の恋。もうこの恋から逃れることはできない。早熟の天才作家、若き日の絶唱というべき恋愛文学の最高作。

一千一秒の日々　島本理生

仲良しのまま破局してしまった真琴と哲、メタボな針谷にちょっかいを出す美少女の一紗、誰にも言えない思いを抱きしめる瑛子——。不器用な彼らの、愛おしいラブストーリー集。

クローバー　島本理生

強引で女子力全開の華子と人生流され気味の理系男子・冬治。双子の前にめげない求愛者と微妙にズレてる才女が現れた！　でこぼこ4人の賑やかな恋と日常。キュートで切ない青春恋愛小説。

波打ち際の蛍　島本理生

DVで心の傷を負い、カウンセリングに通っていた麻由は、蛍に出逢い心惹かれていく。彼を想う気持ちと不安。相反する気持ちを抱えながら、麻由は痛みを越えて足を踏み出す。切実な祈りと光に満ちた恋愛小説。